青马（天津）文化有限公司
出　品

在这个日渐快速的时代里，我张望街头，每每看见一张张冷漠麻木、没有表情的面容匆匆行过。我总是警惕自己，不要因为长时间生活在这般的大环境里，不知不觉也变成了那其中的一个。他们使我黯然到不太敢照影子。

也许，透过书信呼应的方式，加上声音，我们人和人之间，所竖立起来的高墙，能够成为透明的。或说，不必那么晶莹剔透，或而有些光线照亮一霎间幽暗的心灵，带来一丝欣慰，然后再不打扰，各自安静存活。

三毛

目录

谈　心

亲爱的三毛

随　想

谈 心

借着读者朋友的来信，
看见了本身的不足和缺点，
这些信件，
是一面又一面明镜，
擦拂了我朦胧的内心。
这份收获，
是读者给予的，
谢谢来信共勉。

三毛信箱

两年多前，我刚从远地做了一场长长的旅行回来。为着说说远方的故事，去了台中。

也就是在台中那一场公开谈话结束之后，“明道文艺社”的社长，老友陈宪仁兄邀我次日清晨去一趟设在台中县乌日乡的明道高级中学，说校长汪广平先生很喜欢我去参加学校的升旗典礼，如果能够去一趟，是十分欢迎的。汪校长自然是早已认识的长辈。

当时，立即就答应了，可是为着早起这桩事情，担了一夜的心，生怕睡了就醒不来，所以没有敢睡，一直等着天亮。

生平怕的事情不多，可是最怕学校和老师。这和我当年是个逃学生当然有着不可分割的心理因素。

明道中学是台湾中部著名的好学校，去了更心虚。升“国旗”、唱“国歌”，面对着那大操场上的师长和同学，我都站得正正的，动都不敢动。就是身上那条蓝布裤子看上去不合校规，弄得十分不自在，而那次去台中，没有带裙子。

升完了旗，汪校长笑眯眯地突然点到我的名字，说请上台去讲十分钟的话。当时，我没法逃掉，吓得很厉害，因为校长怎么上千百人都不点名，光就点了我——而且笑笑的。

只有一步一步上去了，心里一直想古时的曹植、曹植，走了七步路出来了一首诗，那么我走了几步可以上台去讲十分钟的话？那么多精明的老师都在看着我，笑笑的。

就说了，说五分钟话送给女生，另外五分钟给男生。十分钟整，下台鞠躬。

说完校长请同学们乖乖回教室去上课——好孩子的一天开始了。又说，要同学跟三毛姐姐道个早安加再见吧！

才说呢，一霎间，男生的帽子哗一下丢上了天空，朝阳下蓝天里，就看见一群飞鸽似的帽子漫天翻舞，夹着女生的尖叫——就在校长和老师们的面前。

当时，嗳！我笑湿了眼眶——为着这不同的一个时代和少年。在我的时代里，哪有这种师生的场面？

以后，想起乌日乡，总看见听见晴空里那些帽子在尖叫。

后来，宪仁兄问我给不给明道的弟弟妹妹们写些东西？我猛点头，说："写好了！当然写！"

《明道文艺》是一份极好的刊物，这许多年来，坚守着明确的方向默默耕耘。它不只是一份最好的学校刊物，也是社会上一股难得的清流，校外订阅的人也是极多。

就这么，"三毛信箱"，因为个人深喜《明道文艺》的风格，也就一期一期地写了下来。

感谢宪仁兄的鼓励，使得一向最懒于回信的我，回出了一些比较具有建设性的读者来信。

其实，回信之后，受善最多的人，可能还是我自己。借着读者朋友的来信，看见了本身的不足和缺点，这些信件，是一面又一面明镜，擦拂了我朦胧的内心。这份收获，是读者给予的，谢谢来信共勉。

（本篇原为台湾皇冠出版社三毛全集《谈心》后记，本书中改为此名。）

自爱而不自怜

三毛大姐您好：

前些日子在城区部参加了您的座谈，一直有股冲动想写信给您，虽然料必此种来信您定看得不胜其烦，但相信您定能深切了解一个不快乐者的心情，因此很抱歉又给您增添麻烦，只希望能借您的指点，给我精神上的鼓舞。

我是淡江夜间部的学生。基于那种对自我的期许，我参加了大学联考。现在我正积极地准备托福，由于英文程度不挺好，因而让自己搞得好累，有不胜负荷之感。出国留学的真正目的为何？我真的不知道，可能就只为了逞强吧！由于自小好胜心强，再加上感情的挫折，让我一直有股“向上爬”的意愿，三毛姐，别劝我放弃出国，因为这是不可能的。

在座谈会中，您提到“我真的很不快乐”。我好感动，您知道吗？因为我也觉得自己好孤单，好寂寞。三毛姐，您能否告诉我，是什么力量支持您孤独地浪迹天涯？您精神上的寄托为何？既然您不快乐，难道不曾想过以死作为解脱（很抱歉我直言）？

三毛姐，原谅我的用词不当和辞不达意。我心里一直很苦闷，但是没人能指点我，再下去，准上松山精神病院。

三毛姐，不管您有多忙，请您务必给我回信好吗？但，请您不要劝我放弃出国的念头，我现在所需要的是您的鼓励，我也想去尝尝那种独在异乡为异客的感觉。再次声明，绝非意气用事。

附上相片一张，看看我该是何种人物？当然最重要的，为了寄回相片您就得给我回信的，不是吗？先谢了，三毛姐！

陈惠凤

陈小姐：

你的照片寄回，请查收。

为了讨回这张照片而强迫一个人回信，是勉强他人的行为。可是看了内容之后，仍然感谢你对我的信任，不由得想写几句话给你。

你的来信很不快乐，个性看似倔强，又没有执著的目标和对象，对前途一片茫然，却又在积极预备托福考试。

照片中的你，看上去清秀又哀愁。没有直直地站着，靠在一棵树上。姿势是靠着，感觉却不能放松，不只是因为面对镜头，而是根本不能放松。两手握着书本，不是扎扎实实地握，而是像一件道具似的在做样子。

要我由照片中看看你是什么样的人，这实在不很容易，可是您的身体语言，毕竟也说明了一些藏着的东西。眼神很弱，里面没有确定的自信和追求。这一点，观察十分主观，请原谅。（我猜，这是一张你自己较满意的照片。）

事实上，没有一个人是禁得起分析的，能够试着了解，已是不容易了。

来信中，两度提起：“别劝我放弃出国，这是不可能的。”事实上我并不认识你，也没有任何权利劝导别人的选择。而你，潜意识里，可能对出国之事仍有迷茫，便肯定那一份否决会在我的回信中出现，因此自己便先问了，又替我回答了。（其实是你自己在挣扎。）

你说：“出国留学的真正目的可能就只是为了逞强。”我看了心里十分惊讶。又说：“一直有股向上爬的意愿。”而结论是，出国就是向上爬，又使我十二分地诧异。

在我的人生观里，向上爬，逞强，都不是以出不出国为准则的。我以为，不断地自我突破，自我调整，自我修正，才是一生中向上爬的力量。

如果，一个人，在台湾不能快乐，不能有自信，那么到了国外，便能因为出过国，而有所改变，有所肯定吗？或者，是不是我们少数人，有着不能解释的民族自卑，而觉得到国外去，便是一种自我价值的再肯定呢？很抱歉我的直言，因为你恰好问到了我。

从另一个角度来看，能到国外去体验一下不同的风俗人情，也是可贵的。至于“也想尝尝异乡为客的感觉”，这个“也”字，其实并不可能每一个人都相同。再说，国外居，大不易，除了捕捉一份感觉之外，自己的语文条件、能力、健康，甚而谋生的本事，都是很现实而不那么浪漫的事情，请先有些心理准备和认识才去。

是的，在座谈会上，我曾经说过，我的日子不是每天都快乐，而且有时因为压力大，非常不快乐。许多时候，我的不快乐，并不是因为寂寞，而是太多的“不得已”没法冲破，太多的兴趣和追求，因为时间不够用，而不得不割舍。事实上，我十分安然于一本好书、一个长夜和一杯热茶的宁静生活。对于人生，这已是很大的福分，因为我们没有生活在战乱和极权统治的国家里，这份自由，是我十分感激而珍爱的。不敢再多求什么了，只求时间的安排上，能够稍稍宽裕一点就好了。

是什么支持我浪迹天涯？是求知欲，是自信，更是“万物静观皆自得”的对大地万物的那份欣赏。

你又问我，不快乐的时候，有没有想到过以死为解脱？我很诚实地答复你：有过，有过两次。可是当时年纪小，不懂得——死，并不是解脱，而是逃避。

我也反问，一个叫我三毛姐姐的大学生：如果你，有死的勇气，难道没有活的勇气吗？

请你，担负起对自己的责任来，不但是活着就算了，更要活得热烈而起劲，不要懦弱，更不要别人太多的指引。每一天，活得踏实，将分内的工作，做得尽自己能力之内的完美，就无愧于天地。

请不要怪责我这种回信的方法，孩子，你太没有自信，也太要听别人的话了，有些自怜，更有些作茧自缚。请放开眼去望一望，这个世界上，有多少事物和人，是值得我们去真诚地付出，也值得真诚地去投入——这里面，也包括你自己。请不要小看了自己，试着自爱，而不是自怜，去试试看，好不好？

松山精神病院不必再去想它，这又是自我逃避的一个地方。国外是，松山又是，却不知，逃来逃去，逃不出自己的心魔。

天下本无事，庸人自扰之。以这句话，与你共同勉励，因为我自己，也有想不开的时候，也有挣不脱的枷。我们一同海阔天空地做做人，试一试，请你，也是请我自己。

最后，我很想说的是：一个人，有他本身的物质基础和基因。如果我们身体好一点，强壮些，许多烦恼和神经质的反应，都会比较容易对付，这便必需一个健康的身体来支持我们。

你做不做运动？散不散步？有没有每天大笑三次？有没有深呼吸？吃得够不够营养？以上都是快乐的泉源之一二，请一定试试看。请试半个月，看看有没有改变好吗？

照片上的你，十分孱弱，再胖些或再精神些，心情必然有些转变的。

这封信回得很长，因为太多此类的来信，多多少少都是想要求鼓励与指引。

我的看法是，我们活着，要求他人的帮助是很自然的事情，但是无论如何，他人告诉你一件事情或由你自己去了解一件事情，在本质上是不相同的。了解自己是由内而来的，当你了解了，不必别人来指引，也便能明白。除了你自己之外，没有人能替你找出生命之路。

谢谢你！　祝

健康快乐

三毛上

又及：如果你观察了自己几个月，发觉情绪的低潮是周期性的，那么可能是生理上的情形。医生可以帮助我们解决许多病状，心理的和生理的，请你再想想好吗？

祝福中国

金门居住的先生：

您没有留下名字，信封上，只有一个邮箱号码。

牛皮纸做的信，红丝线装订出来的边，一个大红盘花扣，左面一个春字，是信的外观。

打开来，七个毛笔字，就只写了这两句话："祝福中国，祝福您。"

壬戌岁末的上面，一个浅红色的印章，也看不出是什么字。淡淡的红色；您故意盖淡的，那么谦虚的情怀，在一颗章里显得明明白白。

受不起这么盛重的一针一线，当不起这三个字的祝福。您，没有留下名字的朋友，您的名字和颜色——就叫中国。

这份宝贝，是收信中一件极品。双手捧着它，不知如何地珍爱，正如不知如何地爱中国，才叫合了一个人的心愿。

我要好好地看守自己，对待自己，活得像一个唐人女子，来报答我们共同的父母。他们的名字，也叫中国，正如你我。

另外，也照着没有姓名的地址回了一张信给您。一张白纸，上面没有黑字，盖的只是印章，也只是一颗我爱之如狂的章。笨笨拙拙地，刻了四个字，那便算是我的回信。您想来也收到了。

再不必说什么，有心的人，我们各自在自己的岗位上去努力，就算彼此的鼓励。

您懂，我也懂了。

也祝福中国，祝福您。

三毛敬上

人生何处不相逢

三毛小姐：

很抱歉打扰你的时间，从来我就是很欣赏你的文章和你的个性，很早以前就想写信给你，但又怕你没时间给我回信，我今天是抱着即使得不到回信也算了的心情，来写这封信。

对了，我想请问你，嗯！一月十五日下午两点左右，你是否开车要寄放在中山堂的地下停车场？那天我和朋友刚好要过马路，这时有一部车突然停在我们旁边，不晓得为什么，一股力量吸引着我往车内看去，忽然间，我像是遇到了老朋友似的，不由自主地叫出了“三毛”，而后却站在那里不动，最后还是那位驾驶小姐挥着手要让我们先过，她温和又满脸笑容，我不晓得她是不是真的是你——“三毛”，过了马路，我仍是发呆地站在那边，我想我应该不会看错才对，照片中的你，风尘仆仆的，而车上的那位小姐，正是如此，而且更和蔼可亲，哎！我形容得不晓得是对还是错，但“三毛”在我的感觉一直是如此。三毛小姐，如果那天遇到真的是你的话，给我回封信好吗？因为我已期盼很久了，再则，那日回宿舍后，看到“联副”上有你的文章，我想你一定是回来了，最后我仍是希望你能抽空为我回封信，好让我清楚那

段“奇遇”。谢谢！　祝
心怡

邱兰芬　敬上

兰芬：

是我！

再见！

三毛上

隔离与沟通

亲爱的弟弟妹妹们：

一次两小时的聚会，得到了你们的友谊和雪片一般飞来的书信。在这里，我要向你们道谢这份爱护，更使我感动的是信中对我付出的那份全然的信任。

以半生的生活体验来说，爱和欣赏，在我往往是容易些的，而信任一个人，却并不那么一厢情愿。起码从自己待人接物的态度上来说，我不是一个轻信的人。

由此推想，各位在信中对我全心全意的信赖，也是不容易的。这使我非常难以轻易下笔回信，担心自己偶尔在一句话上的疏忽，而影响了许多年幼的心灵。

归纳起大部分的来信，其中最明显的烦恼和苦闷都在于各位对家庭生活和关系的不满。我知道这些诚恳的信都是出自各位的肺腑之言，从某一个角度看来，完全是对的，一点也没有错。

可是，世上的事情，并不是只有从一个角度上去观察，就能够说它是唯一的真理。如果我们去做一次家庭访问，听听父母们如何讲孩子，很可能，父母也有一大篇合理的抱怨，也会说，孩子们不了解做父母本身的种种困难和对孩子在教育方式上的挫折，也更可能，父母除了孩子之外，尚有本身的苦难与折磨要去应付。

公平地说，做父母的比做孩子的，在担当人生责任上，重了许多。亲爱的孩子，试着也去分析父母和他们本身的问题，也试着去了解，你的那份学费和衣食是父母的血汗钱换来的，这么一想，养育之恩，我们都不能回报，又何忍对他们要求太多呢？

往往，大部分中国的父母，将孩子当做命根，将孩子视为自己生命的延伸与继续，期望自己一生没能完成的理想和光荣，都能在孩子的身上实现。更以为，自己人生的经验，百分之百，都可以转移到教育下一代的身上去，又以为孩子是必须无条件听命于父母而不可反抗的，压力便由是产生了。

这种观念，造成了父子之间的悲剧和冲突，也造成了成年人与青少年孩子之间的深沟。本来，天伦之乐是人间最可贵的一种情操和欣慰，很可惜的是，每一个家庭中，或多或少，父母子女的观念与行事为人不能完全一致，不愉快的心情也随之而来了。

父母子女之间心灵上的隔离，是爱的方式不很有技巧而造成的。成年人与年轻人的未能沟通，在我个人看来，也是出于同一个字，那就是深刻的爱。

我相信，天下的父母和子女，没有一个人故意存心去破坏家庭的和谐，这是不可能的。如果问题产生了，也不是刻意的行为，而是根深柢固的社会观念，因为有了时代的变迁，双方不知适时调整而造成的结果。

一个问题的出现，解决的方法，不该是怨天尤人地去怪罪对方，甚而自责，而是冷静地去理出问题症结的所在，尽可能在个性上、思想上、行为及语言上，慢慢地改进，取得彼此的谅解。

这件事情，不能急切，不能以火爆似的争吵去解决，更不能以离家出走，甚而激烈地试图以毁灭自己的念头去反抗，这实在是一种愚昧而无用的方式。而做孩子的，包括我自己在内，都往往选了这种笨法子，伤人害己，于任何祥和的人生都是背道而驰。

耐心、韧性、谅解、宽容、包涵，都是爱的代名词。亲爱的孩子们，在你们的来信里，我或多或少是看见了这些字。可是，在来信中，也不可避免地看见了一些不讲理的父母，动手痛打孩子，不给孩子任何解释的余地，冷淡孩子，甚而父母之间大打出手，以夫妇之间的不和，怪责孩子生命的拖累……

当我一次又一次拆阅来信，看见不知有多少信中写着“陈姐姐，我但愿不要回家，永远不要回那个没有温暖的家……”这样的句子时，我的心里，充满了欲哭无泪的重压。

孩子，你有一个妈妈，她打你，骂你，羞辱你，也许是她情感上不平衡，也许是她不知你在身边是她的福分，这，都不能改变她仍是你妈妈的事实。

试着用自己的智慧去改变父母，不要伤心。中国人的忍字是如何写的，我们都知道。学着取悦父母，念书上要出人头地，家务上尽可能帮忙，一旦如此，父母仍是特别不喜欢你，那么，爱你自己吧！好好地储备自己的知识，将来自食其力之后，父母也年老了，那时候，回家去孝顺他们，他们不可能不感谢你的孝心的。

沟通，有待双方的努力——父母和子女的。而我的书信，只有做孩子的看得见，又有多大的效果呢？

至于另外一些来信，父母都是爱你的，而爱的方式中少了一份对子女的信任与尊重，这个问题便比一些破碎家庭的孩子来得简单些。请相信有一日你不再是初中生或高中生，你会成长，会成熟，会有自己的人生方向。如果在一场人生的战役上打得漂亮，做得有声有色，到那时候，父母不但不会再管你，而且会以你是他们的孩子为骄傲。这种家庭问题，由另一个角度去看，便不严重了。好孩子们，父母大半的管教都是出于一片爱心，我们又何忍在方式上去怪责他们呢？

讲了这种话，各位写信来的弟弟妹妹们也许会感觉到，陈姐姐是站在父母那一边的。事实上，父母的年纪已经比较大了，要改变一个成年人的观念总是困难的，而青少年的一代，都仍有极大的可塑性，在许多地方，便必须请青少年包涵父母，谅解父母，更重要的是，将来一旦本身完成学业，成家之后，也有了子女时，再不犯同样的错误，做一个开明而得子女信赖的人。

我总认为，孩子可以教育，某些父母也是可以再教育的。问题是，好似双方都是坚持自己的看法，自以为是，这就难了。

记得在我小学六年级毕业的那一年，因为将一本别班男同学的纪念册偷带回家，写上了几句送别的话，而被母亲搜了出来，母亲为了这一件小事情，将我关在房间里审问，弄得我因为羞愧而痛哭，并且答应悔改。

后来我渐渐长大了，有了与异性的交往，也因为来往的朋友都是正正派派的好青年，我自己也主动将这些朋友带回家去请父母过目，当年害怕我变坏的父母，在无形中有了观念上的改变，再也不会一如当初般地将男女的性别看成太严重了。

这只是一个小小的例子而已。其他许多事情的价值观、判断法、自主权和人生的看法，在经过了多年的沟通之后，与母亲父亲都能取得程度上的了解。所以说，我认为，教育子女是父母的责任，可是子女在家庭中被不被误解，与个人的表现也是有关的。当然，我有一对开明的好父母，这是个人极大的福分，而他们的开明之中，亦有我多年的努力。凡事禀报父母，凡事开诚布公，若有不能一致的想法而我又自认为对得起良知时，甚而勇于在良好的态度和口气下向父母辩论、讲解，请求认同。我不隐瞒、不欺骗，不将自己的想法藏在心里，都有助于父母和自己之间的认识。

又有一封来信，写出了处身一个大家庭中做孩子的悲哀。看见嫂嫂对母亲的猖狂，看见哥哥的纵容妻子，看见母亲的忍辱和委屈……这封来信，写得生动而感人，是一个有着表达笔力的好孩子痛苦不平的心声，也是一篇成功的散文。

大家庭的和睦与否，关联着太多人为而复杂的因素，写信来的这位孩子，因为心痛受欺压的母亲，进而对生命的公平产生了怀疑。很难过的是，这位孝顺的孩子，我不能帮助你，只有鼓励你，用功读书，出人头地，有一日进入社会时，赚钱反哺受苦的母亲，将她接出来与你同住，好好对待她，给母亲一个幸福平静的晚年。孩子，你的孝心感人，责任也重大，一个有责任的人，是可贵的，这表示她有能力担起这份责任。目前学业尚未完成，在经济上可能无力承担母亲，可是尽力去爱妈妈，下课回家去时，尽可能表现你对她的爱和看重，这对做母亲的来说，比什么都要欣慰，你目前的能力和责任便是这个。

又有的信中，家庭不看重女孩子，不愿再供给念大学的学费，做女儿的来信中伤心沮丧，几乎没有了方向。好孩子，中国人有一句谚语："行行出状元。"我个人也认为，进大学不是唯一的人生之路，请看社会上多少成功人物的学历都不显赫，可是他们成功的例子比比皆是。再说，自我教育是很重要的，如果自己不肯教育自己，一张大学文凭又能够代表什么呢？

在我所知的文化大学和东海大学，工读生都在每一个角落做事，半工半读，养活自己，同时进学，这种情况也是很多的，只是在体力上要劳累些。甚而，我有两个学生，她们是高中毕业之后，先去做两年女工，然后存足了两学年的学费，再来大学进修，也是另一条可行的路。做事，是一种磨练，对任何人只有好处而无坏处。只问你吃不吃这份有代价的劳苦。

孩子们，在近乎一沓书本样厚的来信里，很多人都不够快乐，不够开朗，不懂得如何从无可奈何的情况里去求取生存之道，这也是无可厚非的，因为毕竟年纪还小，生命也仍孱弱。就算我自己吧，活到半生，又能够说我了解了人生的真谛和全然地活得完美吗？

既然大家都喊我陈姐姐，我便欣然答应，在这里，与各位再共同勉励一次，我们要做聪明人，做有智慧、有慈爱又肯诚实对人对己的勇者，就算天大的事情来了，也不逃避它，心平气和地为自己争取最合理的解决之道。不可以做一个弱者，凡是一不顺心便跌倒的人，是要被社会所淘汰的，做一个有弹性的人，当是我们一生追寻的目标。

很抱歉不能一一回信给各位，因为从各处转来的信实在是太多了，请原谅我时间实在不够，而那份关爱各位的心怀意念，却是强烈而真诚的。再见了！　祝

做一个智者仁者勇者

三毛上

一九八三年三月廿七日

不满、不满、不满

陈姐姐你好：

我是个高中女生，心中有很多不满，好几次想去了断自己（自杀），但每次反过来想，我有去死的勇气，那何不好好地活下去，如果就这么死去，人生不是白走一遭吗？所以想通以后，“死”离我便是很遥远了。过去我曾经投书到“学生辅导中心”及“张老师信箱”，但我发觉他们都无法帮我解决困难。为什么我说我有很多不满？不是没根据的，就拿家庭来说吧！母亲是个很迷信且重男轻女的家庭主妇，她要我回家后帮做家事，这虽是应该做的，但她不为我想一想，我是个高中学生，功课越来越重，回家时的自习时间都被占了，我以后怎么上考场？我时常同她谈起，但她无法和我沟通，她根本不了解现在的孩子，我无法充分地念书，我的前途不能就这么地送掉，所以我不满。

朋友方面，以前我有很多要好的朋友，现在可是一个也没有，孔子说得很对：“唯小人与女子难养也。”认识愈深就愈失望，我觉得对她们越好，相反地她们也越看不起我，以前大家总是说说笑笑的，可是现在连见了面均不打招呼，而且还被同学耍了好几次，现在我对朋友完全失去信心，虽然心有不甘，我又能如何呢？

当然这只是我不满的之一二罢了，虽说家丑不可外扬，但我执著一意念，我要好好地活下去，所以我将它说出来。

孩子：

在你的来信中，我好似看见自己过去的影子，心里感触很深。

我也曾经有过这样的少年时期，觉得全世界的人都不了解我，包括父母手足在内都不能沟通，至于朋友，那根本是不存在的。

许多年过去了，回想自己一生的悲喜剧，大半是个性所造成的，怨不得天，尤不得人。

很多事情，只因我固执于只从“以自己为本位”的角度去观察，以为那是唯一的真理和途径，结果不但活得不好，对他人也没有什么真正的付出。

孩子，你目前看见的只是不公平，看见的只是朋友们不理睬你，看见的，很坦白地说——只是你自己，眼中并没有别人的任何理由。

在你目前的年龄，这是被允许的，只要你不太钻牛角尖，更不可以有自杀的念头。

可是，如果在以后成长的岁月里，你的眼光仍是如此，那么我肯定你将会得到一个并不快乐也没有太多意义的人生，而且不很容易在社会上与人和谐而友爱地相处——这都是你的个性造成的。当然，这和体质也有关联，你身体健康吗？

我以为，母亲要求你做家事，也是应该的，因为你也是家中的一分子。甚而，她不要求你，都当态度和悦地主动替她分担。母亲不是虐待你，只因她不了解，在升学的竞争和压力下，一个学生念书的时间非常紧凑，如果分担了家事而丧失了读书的分分秒秒，对一个求好心切的好孩子来说，也是苦痛的。

这种事情，想来你已与母亲之间交换过意见，而没有结果，才会写信给我。

我的看法是，如果家务不是太重太重，你可以想出一种快速处理的方法。手脚快，做事有条理，有安排，两件家事一同做。(例如烧开水的同时，便去洗衣，洗衣的同时，浸泡其他的衣物，晒衣服时，一方面煮饭。只要警觉性高些，不要做了这、忘了那，家事时间可以利用技术管理而发挥快速的效果。)

母亲的教育程度和你不同，在价值观上自然也有距离，可是父母供你念到高中，就是他们的伟大。我看到你所说的母亲，心中很受感动，她不懂念书有什么用，她仍给你念，你有没有想过这一点？

你说母亲不为你想一想，对不起，请问你为她又想过了多少？

你的前途不会因为做家事分占了念书而送掉的。学问之道，是人格的建立、生命的领悟、凡事广涵的体认——而不是做一架“念书机器”。如果你以为，你死啃书本，考上大学，就是前途的代名词，那仍是虚空而幼稚的，因为你没能了解，书本只是工具而已，念了一大堆书，仍不懂做人，那个书，就是白读了。

写到这儿，再看你的来信，你的信中，“不满”都有理由，“不甘心”也很有理由地写出来。

三张信纸，出现了三次“不满”，而且说——这只是不满之一二而已。我真不知，人生这么多的不满又是为了什么？这么多的“不甘心”，又是为了什么？孩子，你很自私，对不起，恕我直言。不要难过这句话。小时候的我，也是这样的。

在这种心态下，你求教于“辅导中心”“张老师”，现在来找我，其实都不是诚心地要求我们帮助你，而是将我们当做发泄的对象而已。

你不合作，不改变自己的观念，不肯看见他人的优点，我们又怎能解决你的困难？

你的朋友，在你眼中，全是一批对不起你的家伙，我绝不赞成你说的话：你对她们越好，她们越看不起你。

人，都是以心换心的，起码百分之七十是如此。请你对人类要有信心，不要因为一些小事，而不肯原谅他人。试试看，再试一次，试着不要太计算，试着以德报怨，好不好？

你的来信中，最可贵的一句话，就是——我要好好地活下去。

好好地活下去，快乐是第一要素，胸襟是基础，体谅他人，是有学问的另一种解释。如果培养这种观念，人生是可以好好过下去的。

孩子，也许，你看了这封信，心里不但失望而且气愤，也可能对我，更有不满。可是我的良知不允许我写下同意你观点的话——那叫迎合。迎合你，可以使你视我为天下唯一的知己，而对你的人生，我却没有尽到劝告和开解的作用，那就不对了。我不能欺骗自己，更不能欺骗你。

这封回信，你可能看了就撕掉，如果你不接受。但是起码你必须看完一遍才会撕掉，必有一些东西留在你心里，撕也撕不掉，对不对？

好孩子，在你没有改变的时候，请不要再来信，当你有了一点点不同的观人观事的态度，我们才再通信好吗？

谢谢你这么信任我，对我写下了真诚的话，我很感谢你，真的。

祝你好好地活下去。

每天，看一下天空，看看那广大的天空好吗？

三毛上

真聪明的好孩子

三毛您好：

小时候我自卑极了，小小心灵就知道什么是势利了，寂寞的童年与书为伍居多，本来就不好的脑子，塞进一些乱七八糟的故事后，更是退化了。

我看过坊间您的每一本书，因为没有人比您更直截了当，更坦白地写出自己，让我知道世界有人可以活得这样自然，这样的亲切。

三月二十五日在彰化听您演讲，您说得真好，讲到快乐时，我的心也跟着快乐，说到悲伤事，您的语调令人心酸。

我最爱您的是：您也爱人，爱一些平凡的人。您并不算是漂亮的人，但是接近您，不由得迷上您那股特殊的气质，那种气质是教养、是修养、是发自内心的，这种气质能使人真正的“高贵”，能使人无论十八岁或八十岁都觉得美丽。

我知道您好忙好忙，可是忍不住还要写信给您，告诉您一些话，想说的太多，拿起笔反而不知道怎么下笔。　愿您

保重自己

梁美华敬上

美华：

看了你的来信，最使我感动的一点，是你掌握了一场讲演会中的特质。

我们听一个人讲话，胜于去看一个人长得是不是好看。我们听一个人演说，不只光是去看热闹，而是由他人的观点中，汲取自认为对生命有帮助的东西，这才应该是去参加的目的。

社会上，每一个人，每一种职业，在我，只有人格的高尚与否，而没有工作的贵贱。每一个人在这个世界上，都有不同的功能，并不只有知识分子才是高贵的。这一点，想来我们都有了一样的认同和理解，这真是很好的事情。

你的智慧高，心情平和，观事温和。童年的际遇并没有使你走上极端之路，反而更为宽厚，是十分难得的。这么一来，苦难对我们，就成了一种功课，一种教育，你好好地利用了这份苦难，就是聪明。

好孩子，我真喜欢看见这样美丽的信，不因你赞美我，而是你那颗平和的心。

谢谢来信。　祝

平安

三毛上

没有找呀!

三毛姐姐：

您好，看到您的信箱，很高兴。

想问您，找到另一个荷西了没有？

你愿不愿意再另外找一个伴呢？（我是指丈夫。）

告诉我您的近况好吗？比如说有什么新书出版的。

等您的回信。谢谢。

小弟弟上

亲爱的小弟弟：

你问我："找到另外一个荷西没有？"

很坦白地跟你说——我根本没有找。

世上没有两个相同的人,包括双胞胎在内,都不可能完全相同。所以我并没有在找另一个荷西。因为再没有了另一个。

荷西的躯体的确是由这个世上消失了，可是他的灵魂，仍是存在的。我不必找他，因为他没有消失。

至于我愿不愿再找一个伴侣的问题，你在此句中又用了一个“找”字。

好孩子，刻意去找的东西，往往是找不到的。天下万物的来和去，都有它的时间。

你听过一首英文歌吗？歌词中说：“是你的，就是你的，不是你的，就不是你的。”我很喜欢这句话中的含意，尤其是用在情感和金钱的观念上，特别喜欢。

我认为，人有权利追求幸福，一个肯于认清这个事实的人，是有智慧而且进取的。

问题是，每一个人对于幸福的定义并不尽相同。一个伴侣，固然是一种幸福，可是人生还有其他值得我们去付出和追求的东西。所以，以我目前的情况来说，并不特别想有一个伴侣。

也许再过两三个月，会有新书。

谢谢你的关心。　祝

快乐健康

三毛上

教书不是塔

三毛：

我是你忠实的读者，看了你最近在报章上的文章，觉得和过去有很大的不同，生活味道似乎减少了，好像回到了象牙塔中，不知你自己是否有自觉，你的看法又是怎样呢？

陈明发

明发：

谢谢你如此真诚而坦白地告诉我对我文章的感想，非常感激你的真诚。

我是一个以本身生活为基础的非小说文字工作者。要求自己的，便是如何以朴实而简单的文字，记下生命中的某些历程。

最近的文字，的确和以前有了很大的不同，原因是：生活在变，生命在延续，观念有改变，这都是无可奈何的人生之旅所造成的。于是，我也对自己的笔诚实，写下现在的自己，这也是我所坚持的写作方向。

但是，我不同意我生活在象牙塔里的看法。如果说，生活中起伏变化大，因而在文字上，记载出来的比较显明而活泼，那是可能的，那是一种灿烂的生命。

目前，我在教书，这不只是一个职业，同时也是因为环境变化而不得不做的角色调整。人生的角色变了，笔下出来的东西，便也不同于以往，因此我绝对不为写作而去创造生活。

现在的文章，的确在风格上慢慢趋于宁静祥和而且更平淡。我很珍惜这份守淡的心情，它不是象牙塔。事实上，现在更加入世，已不是当年与世隔绝的那个沙漠女子了。

很感谢你，谢谢！　祝

好

三毛上

最重要的是被爱吗?

三毛你好:

三月廿五日那天，你到彰化演讲，曾说，有天你在三更半夜，实在过不下去，想打电话找朋友聊聊的机会都没有，实在太苦了!

不过你比我还好，因你有很多很多朋友，然而不幸地，我连一个朋友都没有。

人，活在这世界上，最重要的是被爱，生活在没有爱的日子里，又怎能认识人生? 敬祝

愉快

淑芬

淑芬:

事实上，在三更半夜，以教养来说，没有一个朋友可以去打扰——除非是生命线。

如果又不是生死大事，只是内心寂寞，便不当找哪个单位，快快强迫自己入睡的好。

我不是孤独寂寞的人，那是偶尔有一年，有过这样的心情，现在不是没有，只是化解了很多。

我认识的人很多，朋友并不多。

西洋有一句名言：“一个朋友很好，两个朋友就多了一点，三个朋友未免太多了。”

我很赞成这句话。知音，能有一个已经很好了，不必太多。如果实在一个也没有，还有自己，好好对待自己，跟自己相处，也是一个朋友。

人活在世界上，最重要的是有爱人的能力，而不是被爱。我们不懂得爱人又如何能被人所爱？

不要自怜，不要怨叹——你信中说自己“不幸”，不幸当是生命极大的苦难来时，才能用的字。你没有知音就算不幸，万一别的不顺心来了，要叫它什么呢？

你不认识人生，是没有认识去爱人的快乐。

试一试，好吗？谢谢你。　祝

幸运

三毛上

为什么、为什么？

三毛：

心血来潮，给你一封信。是第一封，当然也是最后一封。(彼此仅有一纸信笺之缘。)

不要问我从哪里来，索性忘了我是谁吧。因为我是个不折不扣的“流浪汉”，一个在阳光底下拖着慈悲的影子，默默地一步一步趋向救苦救难的平凡的人。

三毛！“神爱世人”，请你告诉我，还有多少个不幸的人，悄悄地躲在黑暗的角落里受苦受难？

你、我是人。他们也是人，为什么？为什么忍心让他们残缺？折腾？

对不起，三毛，我找错对象啦，毕竟你不是神，教你怎么回答呢？

(不祝福你。容许我将祝福转给天底下不幸的人，祝他们快乐！阿门！)

若尘

若尘：

世界上，的确有许许多多生活在苦难里的人，而绝大群的苦难者又往往是一个大时代的变乱之下，可怜的牺牲者，他们本身是没有罪的。

你说，神爱世人，为何要给人这么多的苦难？这种问题，亦是我过去一次又一次仰问上苍的。

在老子《道德经》里，有一句话："天地不仁，以万物为刍狗。"这句话，初听时，很可能对它有误解——"如果我们观宇宙天地是以人为本位的话。"

刍狗之草，本是祭祀所用，燎帛之具也。天地的化育，及于万物，自然也及于刍狗，它虽然在人眼中视为至贱，也是万物中的一物。一体同视，一般化育。天地以无心为心，不刻意有仁，正是仁的至高处。所以说，天地不仁，以万物为刍狗。

我常常想到老子这句话，深以为是。

我是一个自然主义者，对于自然界——这当然包括我们人类，所发生的任何事情，已不再拿个人的得失、喜怒、生死，去做一个苦难与否的判断和评价，因为我们也不过是一如枯荣的小草一般渺小而已。

你的问题，可以说，在我，已有了答案，在你，是没有给你答案，十分抱歉。

可是，我个人，在生命的可能里，并不因为有以上的想法，而忘却了自己的责任。在当做的时候，在可以为他人付出时，仍是真诚而慈爱地去做。这是出于内心的一种自然行为，而不是刻意为行善或为了使命而做的。

你是一个高尚的人，看了你的来信，十二分地敬爱你。我，也有与你同样的胸怀和意念。大家为了人类，做一支小火柴，照亮幽暗的世界。如果世上每一个人，都做一支火柴，那么这一点点火花，也是不可忽视的。

谢谢你的共勉。　敬祝

安康

三毛敬上

读书和迷藏

陈平老师：

请容许我如此地称呼您，因为我找不出更恰当的称呼了。

做您的读者，我不愿说一些崇拜您的话来证明什么，下面一个放不开的问题，想听听您的看法。

一个十五岁的初中生，她偷取您小时的方法，逃学两天，到图书馆看书，可是第三次给班主任发现，记了小过，给父母、妹讥笑怒骂了一顿，但在这件大人们认为极要不得的行为发生以前，她曾有一段时间，丢开一切小说、散文、诗词，决意把自己泡在英语学校的课本中，一天利用三四小时查字典、拼单字，学校的考试来到了，她简直拼命地去温习、去背，结果，天不作美，除了中国语文、历史令她满意外，其他十一科都亮灯了，她自己又失意了，英语对她来说实在太难了。

陈老师，我知道您懂的语言不少，对我的困境是否能给一点意见？谢谢您！　祝您

永远快乐、平安

书上的学生

林立　寄自香港

孩子：

你客气地称呼我老师，在我的心中便将你当为一个心爱的学生，谢谢你这么看重我，我亦当看重承受了这一声称呼之后你对我的期盼。

从你的信中看来，你的性向是偏向于文史方面的，而其他学科便不能兼顾了。

你不喜欢英文，其他科目也不及格，并不表示就是一个笨孩子，只因为你的个性使你甚而敢于逃学去看自己爱看的书，受不得一点勉强，因此即使强迫自己去啃那些不感兴趣的课本，也考不过关。

我猜，当你硬逼自己去念英文课本的时候，只是身体坐在桌前对着书，而心思根本不在它上面，对不对呢？

我的看法是：学问是一张网，必须一个结一个结地连起来，不要有太大的破洞才能网到大鱼。而学问的基础，事实上在我们进入幼稚园、小学、初中的这几个阶段中，都渐渐在向下扎根，每一个阶段都是一个又一个渔网的结，缺了一个结，便不牢固了。

基础是重要的东西，没有根基的人，将来走任何一条路都比那些基础深厚的人来得辛苦和单薄。

也许你误以为，当年三毛的休学是从此放弃了其他的科目，只看文哲方面的书，这是因为我在自己写的书中没有交代清楚，真是十分抱歉。其实在不进学校的那一段时光里，除了文哲的书籍之外，也是看数理化学和自然书籍的。当年，我深恨英文，可是父亲定要我每三日背诵一篇英文短篇小说，我也曾恨死那些外国字了，也曾一面背一面流泪。后来，背成了习惯，懂得欣赏到音节与文法变化的极美，慢慢地便爱上语文，一生痴迷忘返，现在还打算去学法文和客家话。

这一切，回想起来，都得深深感谢当年父亲的坚持和逼迫。而语文，不在当地国家学习时，除了死背与用功，是没有捷径可走的。

孩子，以你的年纪来说，目前学校的每一科课程，都是将来进入社会时必需的基本常识，这些知识，可以使你未来的人生更充实，未来的实际生活更得心应手，走到了那一步，再往自己喜爱的文史方面做更深一步的探讨甚而创作，也是不迟的。更何况，目前你的年纪尚轻，在每一个学科上考及格，当不是太难——只要你肯真正心神合一，专心地去看书。

我也了解，面对不感兴趣的功课，是难集中精神去对付它们的。可不可以让我说一个小秘密给你听呢？有关读书的。你那么爱文学，便从这儿做起吧！

将数学当成“推理小说”去看待，你是那个侦探，一步一步追下去，结果答案出来了，凶手被你捉到，而且没有冤枉他人，这不就等于一场游戏？

把自然科类想成是一个田园诗人面对的一片好风景，花怎么开，雨怎么来，蜜蜂如何采蜜，树如何生长……不都是一个诗人观察的景象吗？

至于物理和化学，它们也有趣，你看不看科幻小说？我是爱看的，如果没有物理化学的常识，便看不太懂了，是不是？

应付语文，将它想成一场缠绵的爱情小说：初识，陌生，误会，了解，陷入情网，不能自拔，永结同心，再生儿育女……以上的情节不也是我们初识这些外国字的心态吗？当然，你可以也将英文想成一场没有结局的恋爱故事，有一天，爱过了（考及格了）便与它说再见，另结新欢——你的文史兴趣。

孩子，天下没有一件事情和学问没有它的迷藏，试着放松自己，用另一种眼光和心情去试一试，探一探它们的神秘。一个人，在知识上，是可以有多面性而一样和谐存在的。

乖乖去试一下，好吗？读书不是为父母，请想清楚，读书是为了充实自己，任何书本，包括教科书，事实上，“大半”是开卷有益的。

不要再逃学了，懂得支配时间，才是聪明的人。

谢谢你的来信，下次期望你不再写信来，寄来给我的是一份全部及格的成绩单好吗？不必太高分，及格就好了，预先谢谢你。　祝

快快长大，毕业，不必再逃学，将来如念大学文科，堂堂皇皇地去念文学书籍了。不念大学，也无不可，又可去看喜爱的书，不必逃学，也未尝不是乐事。

三毛上

不　弃

三毛：

我的丈夫一向是一个深爱家庭、勤劳向上的好青年，去年我们因为他申请赴美进修的学校答应他去深造，便下了决心，由我留在台湾工作，他带走全部家中积蓄赴美一年。

事情发生在那赴美第一个学期结束时，丈夫突然来信要求离婚，理由是他已不再是台湾时的那个他，而内心的变化和环境的改变已使他无法再继续爱我。

我没有争吵，这个月终于很和谐地签字分手。我们相恋四年，结婚四年，前后八年的恩爱生活，却因他五个月的离台而告结束。

我不知如何活下去，人生空虚，前途茫茫，更苦痛的是，精神已到崩溃边缘，无法工作，无法活下去，请告诉我，我该怎么办？

我无儿女，与父母手足关系很淡，可说已是孤单的一个人在世上，实在活不下去，因为太痛苦了。我有过轻生的打算，你说，我为什么要再活下去？

一个被弃的女人

这位女士：

你并没有被弃。没有人在世界上能够“弃”你，除非你自己自暴自弃。因为我们是属于自己的，并不属于他人。

丈夫如此分手，在我看来，未尝不是一件好事，禁不起考验的婚姻，终究是要出轨的。如果对方是一个如此想法的人，即使今日不改变，他日一旦有了单独的机会，一样有改变的可能。

这些也不必再说了，事情已经发生，要面对的情况才是最实际的。

请你首先要安静自己的心思，安静下来，接受这个事实，它也许残酷，但承受一个即使是不甘愿的事实，对心理的重建仍是有决定性的必要。

不要先去想未来的事情，更不要去想前途茫不茫然，在目前来说，这不是当务之急，目前急的是要使自己的心安静。这很难，可是心不静，如何能睡眠？睡眠不足，严重伤害精神，是一种慢性自杀的行为，快快不要伤害自己了，难道你伤得还不够吗？

男女之间的事情，在今日的社会观念里，已不如过去的时代，说变就变的情形很多——我是说现在。这不能完全用“无情”两字便做一切的解释，这种情形的造成，心态观念的不如旧时代，都有极多的外在因素存在。看明白这一点，这桩婚姻已是结束了，而且无可挽回，那么不要再留恋，不要深责对方，不要轻看自己，生命是可贵的，不能因为这一件事情，轻言死亡。

你有死的勇气，难道没有生的勇气吗？

离婚之所以如此苦痛，是因为你有了深深的被伤害的委屈，挫折感因此随之而来，对不对？

如果你在这一个时期中沮丧一时，是自然的反应；如果能哭泣，对健康也未尝不是有益。痛痛快快地哭一场——如果你能，眼泪有时能洗去许多悲伤，在某些情况下，是好的。

学着主宰自己的生活，没有了丈夫，你也有能力一个人过活。刚开始时，这种新的局面也许很艰难，一时看不出有什么进步，也不能快乐，可是，给自己时间，不要焦急，一步一步来，一日一日过，不要急，请相信生命的韧性是惊人的，跟自己向上的心去合作，不要放弃对自己的爱护。

你问我为什么要活？我能答复的是，为活下去而活下去，你不要问，活下去，生命自然在日后给你公平的答案。

我也想问问你，你要怎么样活下去？要哭着活一辈子，还是平平静静甚而有些欢悦地活下去？

这条路，但看你个人的决心和提升自己的方法，过一阵，好好开始生活了，好不好？不要去看那个伤口，它有一天会结疤的，疤褪不掉，可是它不会再痛。

许多人说，忙碌是忘掉忧伤的良药，我倒是觉得，安静才是化解苦痛的好方法。我没有用“克服”这两个字，请你仔细看好吗？我用的是“化解”，这更合自然，你说是不是？

人，不经过长夜的痛哭，是不能了解人生的，我们将这些苦痛当做一种功课和学习，直到有一日真正地感觉成长了时，甚而会感谢这种苦痛给我们的教导。

你还可以再婚，不要对爱情丧失信心。也可以不再婚，做一个健康平静的单身女子。可是，万一有一旦再婚的时候，请千万不要忘了——永远不要给你的丈夫任何机会，不要长久的别

离再来分割一桩婚姻，记住啊！不知名的朋友，人，是禁不起考验的。　祝你

新天新地

朋友　三毛上

不　逃

三毛：

我好难过，不知用什么言语来表达自己的痛苦。自己得了严重的自闭症，连家里的人要我到楼下杂货店去买个东西都不敢，做什么事情自己都会紧张害怕个半死，也不知道自己为什么会如此紧张害怕，以前从来没有的现象，如今却患了如此严重的恐惧症，看到人都想躲，到底要躲到几时？现在连出去找工作都不敢，害怕，甚至连写封信都写不好，我应该怎样活下去呢？

黄　上

黄先生（或女士）：

当我们面对一个害怕的人，一桩恐惧的事，一份使人不安的心境时，唯一克服这些感觉的态度，便是去面对它，勇敢地去面对，而不是逃避，更不能将自己干脆关起来。

痛苦，是因为你将自己弄得走投无路，你的心魔在告诉你——不要去接触外面的世界，它们是可怕的；将自己关起来，便安全了。

这是最方便的一条路——逃。

结果，你逃进了四面墙里去，你安全了吗？你的心在你的身体里，你又如何逃开你的心？

走出来，不要怕人。人，有时的确是一种可怕的动物，可是，你也是同类，也是一个人，这个世界上，人吃人的事情不是没有，但是大半的人是不吃人的。

我也曾将自己囚住过整整七年黯淡的岁月，当时，我与你一样，见了人就怕得不得了。这种心理，使得我的心灵和肉体都饱受摧残，也曾被送去看心理医生，当时，不肯与医生合作，医生再有方法和耐性，自己本身不合作，是很难治疗的。

黄先生，我不清楚您为何有这种情形发生，我不是心理医生，只能以一个过来人的经验诚恳地回信给您。

不要为怕而怕，不要再落入这隔离世界的深渊中去，不要再幻想外面世界的可怖。恳请您试一试，每天做一个小功课：为自己找一个出门的理由。第一天走两百步，或走一百步，去杂货店买东西，买完了便回来。第二天多走一点，也许三百步，又回来。第三天走一千步。第四天没有法子出门，仍然害怕，便停一下，不必太勉强，第五天再去杂货店。第六、七、八、九、十天，就走更远些，直到您克服这份恐惧感，以后常常出去走走，散散心，一点一点慢慢来，但是要有决心，一定要有，请您答应我。

我们中国人，大半将心理治疗和疯子治病混为一谈，事实上，世界上在心理方面完完全全健康的人可以说没有。身体病了要看医生，心理有了不平衡也一样要正视治疗的必需。如果您很清楚地明白，去看心理医生是极自然的事情，而不是一般人说的“神经病”，那么请勇敢地去看看医生，好吗？

如果您肯去看心理医生，那么这封信的前一段和中一段都可以不必理会了，一切听医生的方法，是最好的。

谢谢您写信给我，在这样怕人怕外界的情况下，肯写信给我这样一个陌生人，使我内心对您有说不出的感激，谢谢您对我的信任和友谊。

你的朋友

三毛敬上

其实都不是问题

三毛：

您好！或许您对这许多素不相识的干扰者感到厌烦，但请给我一次机会，这些存留在我内心的问题，虽然都是小事，却长久挥之不去，希望您能给我提供意见：

（一）三年前我有个很好的男朋友，那段恋情至今仍然忘不了，我们偶尔也还通信，但总是我去了信他才回信，而我对他的爱慕，却不敢在信里流露，不知他对我的情是否已淡忘了？更糟糕的是，我常会拿现在的“男”朋友和他比较，总觉得在我认识的男孩中，他是最吸引我的，您说我该怎么办？现在耶诞节快到了，我要不要再寄信给他？

（二）在班上常碰到一些特别献殷勤的男孩，看他们一副真诚的样子，就忍不住给了电话，但以后却如断了线的风筝，内心不免激起受骗的愤怒，难道他们真的只是好玩？促狭？还是怯懦怕碰钉子？

（三）通常同性的朋友交往，我们都会主动去联系，异性的朋友则停留在男方先主动的规范里，如果第一次见面后，为了想更了解对方而打电话，会给对方很廉价的感觉吗？

（四）偶尔会有“他实在不错，但只能心中默默喜欢”，这个社会，好像没有教导我们如何去追求想要的……包括情感、志向，在周遭，似乎有太多有形、无形的规范，男女交友中亦存在太多的理智，如：他的学历、他的身高、他的年龄……盼望您能给我一些建议，非常谢谢您。　祝
平安

渴望突破却困于现实的女孩

渴望突破现实的女孩：

就你的几个问题我们来讨论一下。

（一）就第一个问题来说，你在后段的男朋友三字上，特别将男字用了一个引号，这表示你很注意男女的性别，比一般人对待这个字又敏感得多。

三年前的一段情，可能是你个人很主观的论定。这一段情，是不是共同出去几次，在他人看来很普通的交往呢？如果真是两情相悦，为何不敢在信中流露情意？

对方不笨，是你不聪明。他之所以被动地回信给你，只是礼貌和教养，可能也有忍耐，而绝对不是爱的任何表示。请你面对这个现实吧。既然你的来信是如此署名，为何又连现实也不敢面对呢？

情的难忘与否，是你个人的自由，请不要拿目前的“男”朋友与三年前相识的人去比较，这是无可比较也不公平的事情。

耶诞节快到了，你如果想再去问候一次旧友，也未尝不可，

但不要再企盼什么了。

（二）第二个问题，我认为是观念上的偏差。男同学与你交往，很可能是出于一片友谊，而不只是因为你是“女”的而有任何企图，更谈不上你所说的“献殷勤”。而你偏要如此看，“忍不住给了电话”，他人很明白你的出发点与他们起初的意思完全不同，当然退避三舍了。

为什么要感觉被骗？为什么要愤怒？来信中没有人存心促狭也没有人要玩弄你，是你的情感太盲目，任何男生与你稍有接触，你便立即想到要将这份情感投诉给对方。对不起，恕我直言，这种方式和心态是很少有人消受得了的。

奇怪的是，你在第一个问题中，已有了一个三年前认识而难以忘怀的人，又有一位目前的男朋友，为何对班上的男生却又生异想，甚而会因为他们的不理会你而愤怒，觉得被捉弄了？其实，玩弄、促狭、被骗，都是你自己的想法造成的，这一点他人一些责任都没有。

（三）第一次见面之后，想进一步了解那个人，而打电话给他，这种事情并不廉价。只是我很难以想象对方的反应，如果你开门见山地直说：“我想进一步了解你，请问可不可以再见面？”如果是我，就不会做这种事情。先了解自己比急着去了解一个初次见面的人来得重要。

（四）我们再照着你信中所写的句子来讨论。你说，男女交友中亦存在太多理智，譬如：他的学历，他的身高，他的年龄……（以上是引用你的话）

我以为，交友就是交友。这两个字最重要的是因为交往而带来的身心舒畅和健康，还有随缘而得的友谊，这份友谊的有，或者没有，都不是交友最重要的目标。

交友不是打猎，猎物的学历、身高和年龄，对一个交往者来说，实在不必太注意。放松身心，不存目的，不刻意寻找一个投诉的对象，那份自在和愉快，必定是不同的。所谓“无为而治”的道理，就在这句话里面了。 祝

认清现实，再求突破

三毛

不能给你快乐

三毛：

早先情绪不好时，曾托一位文化大学的朋友帮我打听您的下落，想分享您的乐观，使我也沾上快乐的花粉，结果没有成行——去课堂上逮人。只好提笔和您聊聊，我想有些方面我们是相近的、有相同感觉的——但搞不好，您不喜欢个性与您相近的人那就糟了。

上次想去拜访您，还有个很强烈的原因，就是觉得您能使人快乐起来，想拉您来做些社会工作（陪人聊聊天、听人诉苦之类），或许您看了又要掩门深锁（印象中您表示不习惯人群）。

还是想和您约个时间聊聊，可以吗？

陈菲华

菲华：

你的情绪不好而想到要找我，从一个角度来看，这是你对我的看重与信任，谢谢你。可是这件事情不是只有一个角度便能够解释一切。我以为，依靠他人带给自己快乐是不很稳当的人生态度，况且你已成人了。快乐的泉源来自每一个人的内心，如果你心中不快乐，他人是无法使你脱出困境的。谢谢你没有来文化大学的课堂上逮人——逮我，因为我在工作中，不能分心给你快乐，一旦你快乐了，可能我因失职教学而不快乐。

我喜欢天下一切平和、朴素、谦虚的人，无论个性是否相近，都没有太大的关系。

你说想拉我出来做社会工作，叫我陪人聊天、听人诉苦等等，这使我有些惊讶：因为我们彼此的陌生，使你对我下断语，以为我的日常生活便是掩门深锁。事实上我在学校有大约一百六十个学生，还有许许多多旁听生，师生的情感非常深厚，对于我所带领的大孩子们，或多或少，都在课余彼此勉励和深谈。年轻的大孩子们给我的启示很大，表面上看来，是我在做辅导工作，事实上自己受益良多。我并没有排斥这个社会，只是因为一个人的能力有限，所以便只做了那么多。以这个理由，请你包涵，你所建议的那一份社会工作，我便不再做了，好吗？

你想要与我见面聊天，而我的时间安排得十二分的紧迫，如果没有必需，便不见面了好不好？我们将时间用到更有意义的事情上去，就是你祝福我的话——愉快地享受生命。谢谢你，我的确活得十分愉快。　祝

安康

三毛上

写作不难

三毛阿姨：

您好，我是位十六岁的高中生，不知称谓您为“阿姨”，是否会太老？我很喜欢您的作品，文章亲切，平易近人。

我本身也很喜欢写作，闲暇时便尝试“爬格子”。可是在写作过程中，我遇到困难了。那就是常常无法用最适当的文辞来表现我内心所感受的，因此常觉得自己腹笥甚窘。虽然，我也常买些书籍回来阅读，借以充实自己，但还是无法吸取其中的精髓，我常为这问题困扰。所以，想请您帮我解决好吗？谢谢！　祝

安康

郭芳廷敬上

芳廷好孩子：

你才十六岁，来信一句也不抱怨人生，只说喜欢写作，这是多么的难能可贵，因为我所收到的来信，大半是“人在福中不知福”的怨叹信，看了很使人灰心。

写作其实一点也不难，一开始的时候，尽可能踏踏实实地用字，不要写那种独白式的文体，写自己日常生活中所观察、所体验、所感动的真实人生。初写稿，写些实在的散文体故事，避掉个人内心复杂的感受——因为那样写，便需要功力，毕竟虚的东西难写。从故事开始试，人物最好不要一次出来太多，免得难以周全地在笔下刻画他们。

写作，便如建筑，结构是一个部分，建材是另一部分，外观又是一个部分，缺一不可。这也就是肌理、文理和神理三个写作的基本要素，而这其中，都是生命。

再说，所谓写作，事实上脱不了一个“酿”字，心中有所感、有所动的题材，不要急着就伏案，急不得；将材料放在脑子里慢慢用时间和思想去酝酿它，自己反反复复地在心中将文章编织，等到时机成熟了，不写都不成，这就是一般人所谓的灵感来了，出来必然不会太坏。

一般初学写作的人，往往心急，酿的时间不够，那么即使涂涂改改总也难以使自己满意。

多看好书固然是好事，可是看见他人写得如此深刻而自己不能，也是会丧胆的。例如我自己，便真的丧胆，越看越不敢写，不过，我情愿不写，也舍不得不看好书。

你的年轻和兴趣，就是写作最大的本钱，很可惜我们只是纸上笔谈，无法交换更多的心得。谢谢你的来信。

三毛上

我喜欢把快乐当传染病

三毛：

每当遇到有不满的事，或遭遇到挫折时，脑中就会浮现您的影子，您常要我们心存感谢，就凭着“心存感谢”这四个字，常常使我自己在不如意的时候快乐起来。

在《明道文艺》的“三毛信箱”一栏中，常看到写信给您的人，多数在诉苦、抱怨、不满。当我在“三毛信箱”栏中看到若尘写了这么一段话：“不要问我从哪里来，索性忘了我是谁吧。因为我是个不折不扣的‘流浪汉’，一个在阳光下拖着慈悲的影子，默默地一步一步趋向救苦救难的平凡的人。”看到了后两句话时，三毛，我多么的感动，更为您庆幸有这么一位读者，更感到他是一位多可敬的人，而且是一位不平凡的人。

此时，我感到难过，因为在我周遭的人，甚至我的朋友，他们没有人常心存感谢，而只是不断地在满足自己，而我竟没有办法去改变他们，这真是令我感到惭愧的一件事。　祝福他们，更祝福您

廖淑珍敬上

淑珍：

想来你也听过一个老故事：一个小女孩因为没有鞋子穿而哭泣，直到她见到一个没有腿的人。

你的来信，使我这么的欣悦。淑珍，你比我的年纪小很多，可是说出来的话，如此的有智慧、有胸怀、有志气，我真谢谢你给我拆信后一整日的快乐。

你说得一点也不错，这个世界上，不满足的人太多了，自私自利自暴自弃的人也太多了。有的时候，我一点也不能同情这种人，也不想帮助他们，因为没有价值可言。让那些永不醒觉的人自生自灭好了，如果他们抱怨，我们把耳朵塞起来，因为他们不肯对人生、对世界、对生命，有一丝一毫感激的心。

可是，另一种人，是真正值得同情的，他们可能懦弱，可能悲观，可能不够聪明，可能贫，可能病……而不是自私自利和不满。

上面那个小故事，虽然十分平凡，可是它常常在我的心中激励我。当我偶尔对人生失望，对自己过分关心的时候，我也会沮丧，也会悄悄地怨几句老天爷，可是一想起自己已经有的一切，便马上纠正自己的心情，不再怨叹，高高兴兴地活下去。不但如此，我也喜欢把快乐当成一种传染病，每天将它感染给我所接触的社会和人群。

淑珍，你知道一个秘密吗？最深最平和的快乐，就是静观天地与人世，慢慢品味出它的美与和谐。这份快乐，乍一看也许平淡无奇，事实上它深远而悠长，在我，生命的享受就在其中了。

今天，是一个好天气，台北近郊的一片山水是如此的安详而美丽的。我看青山真妩媚，而青山看我当如是。好朋友，世间有你这样的人，我也看不厌呢!

谢谢你，真的，你给了我很多东西。　敬祝

平安健康

朋友

三毛敬上

狱外的天空也是你的

新竹监狱内的朋友祖耀：

你的来信和真名不便公开，不愿也不能，可是给你的回信，我另寄一份给你，也想给《明道文艺》，同时很希望发表之后给你寄这份杂志去看。

看完你第二次写来的长信，才发觉自己不知何时已经泪流满面。祖耀，不要再深责自己到这种地步了，虽然曾经做过妨碍社会安宁的事情，而你也认为受刑补不了已犯的错误，那么期待将来出狱后的赎罪与再造，这些，其实你已经在预备了，是不是？

由你那么真挚的长信中看来，你今天的处境并不能只以单纯的“坏”字便解释了一切，这么坎坷的童年少年期，在我一个平凡经历的人看来，都是很大的劫难。你的信中，使我看见了那个十一岁的孤儿，一次又一次地逃离孤儿院，看见了一个少年在人海中飘泊的孤单，看见了求助无门、叫天不应、寻母不得，而父亲不明的一个苦孩子。看到迷茫，看到那份求好向上的心，看到您终于向人生投降放弃，然后怀恨，然后反抗，然后豁出去的自暴自弃，然后去伤害了一个无辜的人……

祖耀，请求您再不要对人性和命运失望、灰心、怀恨，请您相信我一次，我不骗您。您今年才二十四岁，您说天下人的话都是假的，而您却写了信给我，那么请您试一试，相信我好不好？我不能给您什么，但是我可以给您一个经验，一个世界上仍然有信、有望、有爱的经验。因为我的确碰到过千千万万次这样的人，他们是如您一样的人，他们不假，不坏，不欺，不冷酷，更不轻视任何人，我真的碰到过，相信我，这个世界仍是有爱存在的，它并不完全是您眼中所见的那么冷酷与虚伪，试试看相信我一次好吗？

您说：狱外的天空没有您的份。祖耀，您快要刑满出狱了，这么想，出来又有什么信心面对穹苍呢？

一个人，最当看重的是自己，您的一生，看到的却是别人如何对待您，而您没有看重自己，再说难道他人轻视您，不是因为你先轻视了自己吗？贫，并不是耻辱，贱，才是耻辱。您有手，您有脚，您能说话、会写字，而且文笔非常流畅，这足见您“基本求生”的条件已经具备了。一旦出狱，发心重新做人，过去您年少，而今您已成年，只要您肯，只要您不再恨，只要您不怕吃苦与诚实，这个社会不会饿死您。您曾经将自己一生的苦难报复到他人身上去，自责是不够的，受刑也不够，出来了，发心向上，用您的下半生，向这位受害人去补偿吧，不然，您没有真正的行动和忏悔。

有时候，在我们的一生里，遗忘是有必要，而记得也有必要，让苦难的过去忘掉，记取这一次的教训，利用这个错误的经验，以后“绝对”不再做伤人伤己的恶性循环，请你答应我好不好？不但如此，错了的还要补救，诚心诚意地去做，好吗？

有一本非常好看的书，叫做《悲惨世界》，是法国大文豪雨果所写的，不知你看过没有？如果狱中图书馆找不到这本中译书，请下次来信告诉我，我替你寄去。你爱文艺书，这一本，对于人性的挣扎与光辉做了极深的刻画，看了每一个人都会有启示的。

过去你念过高工学校，我有许多做水电、修机车、做铁门窗、修马达的朋友群，如果你肯学、勤劳、认真、诚实、不计较待遇，大家帮忙打听，工作总是有的。不要害怕将来的路，将命运掌握在自己的手中，预备好决心和信心地迈出那个再也不回去了的大门，好吧？

祖耀，我们都是你的同胞，欢迎你回到这个社会。谢谢你叫我陈姐姐。　祝

安康

陈姐姐上

是美德还是懦弱

三毛：

有一阵子我失业在家时，发现了一项快乐的秘密，那是勤奋与善待别人，这是我在美德中寻求心理宁静的开始，而我做到了。另外我又读佛学书籍，凡事又避免过分计较，我渐渐成为一个好好小姐，心中的爱恨都不强烈，但最后却憎恶起自己来了。我希望自己敢爱敢恨，有勇气去承担一切，然美德把我禁锢在最无望的地方。我会为了怕伤害一个讨厌的人，而使一个内心所喜爱的人误会我，甚至觉得讨厌别人也是一种罪过，如此滥施怜悯，使自己成了“好女孩”外别无可取。

我一直相信林肯的话：“人到四十岁后要对自己脸孔负责。”因此从善是我生活目标之一。但我觉得矛盾，过分的美德实在让生活毫无生趣，为什么我能在美德里发现宁静的快乐，却又发现美德也是个枷锁？三毛，请您哪一天演讲或写文章谈谈一个“好女孩的烦恼”，使我知道怎么做好吗？

林爱雯

爱雯：

我也喜欢林肯的这句话："人到四十岁就该对自己的面容负责。"但我不能同意你的另一个想法，因为你认为美德是一副枷锁。

爱恨都不强烈的人并不能与"没有个性""生活没有情趣"这些字句混为一谈。你如果真的拥有内心的宁静，又为什么要挣脱这么美好的境界呢？

从你的来信中，我感到你将美德的定义和"懦弱"有一点点混杂，所以才会恨死自己了。让我们共同来整理一下这两个观念好吗？

凡事不计较、善待他人、觉得讨厌别人都是罪恶、追寻快乐、不批评别人……在我看来都是美德的一部分，而且是重要的大部分。以上都是你信中所说的。但是，不敢伤害一个自己讨厌的人，而情愿使内心所喜爱的人误会，便是懦弱。

我的意思是说，大凡人——不只是你，常常会对凶恶些的人让步，而放心地去忽略了一些善良而可敬的人。这是人类的弱点与共通性，同时也是天性，这是相当令人遗憾的。

我的想法是，一个真正的完人，必须具备三个条件，那就是大智大仁大勇，这三个字真能达到又谈何容易呢？所以中国人说"好难"。好，真是难啊！

小聪明、妇人之仁、匹夫之勇，在这个社会上每天都可以看见，但那成不了什么大事。而你我是不是就是这许多人中的一个呢？

你自己其实看得十分清楚了，勇气是可贵的，极为可贵，又最难实行，如果凡事缺少了实行的勇气，再有智慧与仁爱也是枉然。

不要再怀疑美德了，它的含义在生活上每天都可以面对与实行，那绝不是枷锁，那是使良知自由、使心灵释放的秘方。它不必破坏也不必摧毁你现有的生活，因为你本身在基本上已是一个好女孩子，一个居然以自己美好而苦恼的糊涂人。

美德之中，当然也不能缺少道德勇气，不然，便是懦弱。懦弱的人，在我的浅见里，就是如你所说：除了滥好之外，一无可取。

谢谢你给我机会，使我在回信的时候对自己本身的处世为人也做了一个检讨的反省，谢谢！　祝

安康

三毛上

“喜欢”有千万种风貌与诠释

三毛：

或许我这封信在你所有的来信中只占了一丁点儿不成比例的比例，但是我恳切希望你看完之后，无论如何，给我一封信。

我是个豪爽、高大的男孩子，自认为聪敏、潇洒，不仅是学校的模范生，更是许多女孩子心目中的白马王子，每天生活得相当快乐。

但是，你来了，我想念着你，心中有一种说不出的痛苦。在你到高雄中正文化中心演讲时，两次，我都提早一个钟头去痴痴地等，排队。但是，肚子饿了，我去买东西吃，结果回来，才一会儿工夫，我已被挤到最后，只得坐在最上面、最后面……

我曾告诉父亲我喜欢上一个女孩子了，他说：“是谁？我想知道她的一切。”我说：“她不认识我……”

更残酷的事实是，我只是一个高中三年级的学生。

在即将大学联考的前夕，我希望得到你的一些鼓励，台大医学系是我第一志愿，放榜后我去找你……

陌生的人

陈正宇

正宇：

我深信，许多人的一生曾喜欢过不止一个人，而这种对象，必然在基本上与我们有一个共通的本质，也可以说这一种人性格的优美与光辉恰好是可以使我们极度欣赏的。

在我的一生里，不止喜爱过一个异性，他们或能与我结为夫妻——如我已离世的丈夫；或者与我做了最真挚的朋友——我确实有三五个知己；或者注定了生来的关系——如我的父亲与兄弟。

现世的存在形式与关系并不重要，重要的是，那些人优美的心灵，化为我一生的投影，影响了我的灵魂与人格。他们使我的本身受到感召与启示，而且今生今世都默默地在爱着这些人。想起这一些与那一些人，心里只有欣慰与安宁，里面没有痛苦。

正宇，你说你有痛苦，你喜欢了一个叫做三毛的人；我说我没有痛苦，我却也喜欢着许多人。这其中的区别其实只在一线之间，我不求形相，你求形相；我一无所求，你看似没有求，可是你却求了痛苦。

其实，你喜欢的不是三毛，而是一种能够与你呼应的人，这种人，不会很多，也不可能太少，少到一个也没有而只有那个笔名叫做三毛的人。这个世界上优美的人太多太多了，问题是，最最优美的钻石往往深埋在地底的最深处，而你，却将一块普通的石头，看成了钻石，不但如此，你又将石头看成了异性。

孩子，“喜欢”这两个字，有它千千万万种风貌与诠释。在我十三岁的时候，不只是喜欢，我狂爱过西班牙大画家毕卡索，爱他爱成疯狂，焦急得怕他要老死了而我还没能快快长大去向他求婚。这是一件真的故事，而今，仍爱着毕卡索，他死了，我仍爱他、欣赏他，在他的真迹名画之前徘徊流连，将他深植在灵魂至爱的一角，但我不痛苦了，他生前，不知世上有这么一个女子在爱着他，这又有什么关系呢？而我，也没有损失，我得到的是永恒以及其他的爱。

正宇，我确信在你的一生里，会有或已有了许多喜欢的人。让这份爱，化为另一种深刻又持久的力量与欢欣，再透过你——未来可能的一个医生，投影到其他的人的内心去。

看见这样的回信，也许你会将纸撕掉，将自己与三毛都怪责与抱怨，甚而失望。不过，你总是看了，看过的东西，不会全忘的，是不是？

谢谢你，这么好的青年，谢谢你。　敬祝
安康

朋友
三毛上

读书不能只读一个月

三毛：

我是个学生，平常课业压力甚重，在课余只能阅读一些翻译作品和中国作家的散文及报章杂志的文章。个人对文学非常有兴趣，但涉猎不多，常感心虚，现在寒假到了，有一个月的假期可以好好地研读，希望能有些许的收获，能否请您推介一些值得阅读的好书或学习的方向。盼回音。　敬祝

安好

史及尧敬笔

史先生：

在我的看法里，念书的人往往有许多不同的心态和要求。有些人将读书当做一种松弛紧张生活的消遣，这种人，便可能看些轻松而不太费心的书本或杂志，看完熄灯安睡，这对健康有益，是极好的娱乐。也有一种人，将读书当做人生的特种兴趣，他们看书可能便有了更进一步的品位与境界，是比较深入的。更有一

种人，将读书视为人生最大的事业，既然是事业，便必然有计划与经营，一步一步来，慎重地挑，仔细地读，甚而阅书之后，用文字记下心得或发表感想，是更有组织的看书法。

我个人，很有趣的是，以上三种心态与要求，多多少少都包括了在内，并不是只有一种心态，这么一来，时间便占去很多，可是甘心。

总觉得，既然我们身为中国人，对于丰富的中国文化便当首先去涉猎才好。思想性的文字与书籍，我爱老子、庄子、孙子和孔子。文学部分，以我的浅见，《红楼梦》与《水浒传》是白话文学中极易引人入迷的两本好书，不过《水浒》后几十回便不太喜欢了。先从《红楼梦》看起是一个好开始，因为它涵盖的东西太多太广太深，而又绝对不枯燥，是伟大的书。

至于翻译作品，我的看法是，要译笔好的才看，译笔好不好，细心看上数页便可了然。如果时间不够，流行畅销小说便先不要看了——除非你只是想看了消遣。相信世界名著，它们是经过千锤百炼的著作，必然不会太坏。如果一时不能看大部头的书——假设你已在看《红楼梦》了，那么西方的文学，可以先看短篇小说。我个人极爱海明威的短篇，也深喜马奎斯。毛姆的作品故事性强，初看是引人的，他的短篇也好。旧俄作家的文字中，人性的光辉明显而深刻，只怕初看的读者对于那些极长的人名会不耐烦，忍一两本，便顺了。

文学的领域浩如烟海，你信中说有一个月的时间，这很少。一个月，慢慢看一两本书，看出心得来就不错了，这么短的时光，要说什么才好呢？登堂入室需要长期的培养，用一生的热爱去对待书本都是不够的。

如果我只有一个月的时间，只一个月，我便去看一本法国作家——圣厄佐培里（SAINT-EXUPÉRY）著的《小王子》。用一个月去看它，可以在一生里品味其中优美的情操与思想。也是绝对不枯燥的一本好书。

一说文学，便很急，写来不能停，但是，你只有一个月，便就此停笔吧。谢谢你。　祝

多些时间

三毛上

五个对话

三毛：

本想当面请教几个问题，但因服役的关系，时间上不允许，只好在信上请您解惑。

一、在您作品中，常感觉您有份能知冥冥中要发生事情的能力，如《哭泣的骆驼》这篇，您知人即将死去。

二、您在书上提到自己的一切是写作的最好题材，请问人应清楚自己的过去及目前的情况才能写作吗？

三、一幅画常有多种不同看法与见解，请问这是股推动进步的力量吗？

四、一个没有保存过去物品的人，能说他过去是没痕迹吗？

五、您同意“入境随俗”这句话吗？是否处任何环境，就得做出合乎当时环境的举止？

张正上

张正先生：

我们在纸上做问答题，不必见面也是好的，现在就您的几个问题，写下答案。

一、我在十三岁以前，的确能够知道许多将要发生的事情，那种感应很明显，例如说，在电话没有响以前几秒钟便可以预知，所以慢慢走向电话，当它一响，我便接了，常常将对方吓一跳。这种情况，随着年龄的增长，便慢慢减少了。现在可以说是很“钝”，已经不灵了，一年中只有少数几次，不经心的，会有这种预感，也不很多了。小时候的心灵比较干净，没有“知识障”，也接近自然，才会有这种现象。

二、有些作家，能力强，可以将一个不属于自己的故事完善地表达出来。而我，是一个“非小说”的文字工作者，所以甚而不会用第三人称“他”来写作。我并不认为每个人必须清楚自己才写作，以旁观者的立场去写作是很好的。可惜我没有这种功力。

三、一幅画的本身原本就是一幅画，但观者不同，它便可以因此千变万化，所谓“见山不是山”也。对于画，我没有想过它是不是“推动的力量”。但我能欣赏许多好画，非常沉醉，常常人入画中不知归，倒是要自己推动自己才舍得由那个境界中出来。好画是把我推进去的，这种力量也可谓是一种动力吧。

四、过去并不是有形的东西，也不必依靠有形的物体来缅怀提醒，过去是造成今日我们本身的必需过程，它存在我们生命中，是遗失不了的。收集东西不算收集过去的生命——由形而上的观点来说。

五、我同意入境随俗，但不忘我。我不同意你说的处任何环境就要做出合乎当时环境的举止。如果我处身在一个大家都打麻将、吸毒、抢劫、奸淫的环境里，我便不随。

以上是您的问题，我给做了答题，不知您满意吗？ 祝

安康

三毛上

如果是我的女儿

三毛姐姐：

我是来自东南亚的缅甸侨生，现就读于建国中学，我想请您为我的小侄女取一个您最喜欢的名字，这是我住国外的大哥来信要我找一个中文名字，我们的姓又很奇特，姓“番”，所以想请您帮忙，请不要拒绝好不好？

敬祝

健康快乐

番绍扬敬上

绍扬：

台湾中华书局印行的《辞海》里，对于你的姓——“番”，这个字有数种解释，其中有一条说的是：

番，姓也，《〈史记·河渠书〉索隐》：“番，音婆，又音潘，《诗·小雅》云：‘番维司徒’番氏也。”按《图书集成·氏族典》云：

“番姓为吴芮封番君，子孙因氏，读婆，番字虽有潘婆二音，而在姓宜读为婆。”

照这么说，这个姓应当发音为“婆”。

如果是我的女儿，便喜欢叫她——番一林。

两个立着的字在上下，中间不好加太横太胖的字体，又不能太瘦长，干脆用一个数——一。

一林，象征一种风华，是活泼而有生命的林木，极有生机的一片景色。

无论男女，这样的名字，称呼起来是高雅而清朗的。再说，这个名字笔划不多，看了不易忘，容易发音，而且也很普通，是一个好名字。

当然，这是极为主观的看法，我个人很喜欢。

不过，如果你的家人相信中国人所谓“阴阳五行”说法的话，那么这个名字对于五行中缺木的人是再合适不过，如是缺其他的水火土金之类，便不合适了。

小小的意见，请你参考。取名是大事，仍然由家中亲属给取比较合理，你说是不是？谢谢你。

三毛上

写给“泪笑三年”的少年

亲爱的好孩子：

你的来信和文章收到很久了。去年夏天你正初中毕业，今年，一个高一的学生，不知已经进入了哪一所学校就读？你的来信是正当考上高中时写的，对不对？当然，陈姐姐（谢谢你对我的称呼）一定承诺你，不将文章与来信公开发表，也不提你的名字。可是这一篇文章写得太动人了，写出了许许多多少年人心中的苦痛、挣扎、反抗与追寻，更写出了一个少年人对整个人生期许的无能为力与焦急。这样多的来信中，是你，好孩子，将这份共有的少年情怀表达得最真切。

你不寂寞

大约已是半年过去了，我仍然不能从你的来信中完全释放出来，这也是因此没敢立即提笔给你回信的原因，因为盼望自己的情绪不要因这样一封长信而混乱，甚而与你同哭同笑，忘了在泪笑之外尚应当整理的一些观念。事实上，在这半年内，你内心强烈的哭声，令我失眠了一次又一次。孩子，你不寂寞，陈姐姐看见了你，在这个世界上，你不是没有人了解的。如果，你肯将内心的苦闷，不只说给陈姐姐一个人听，相信你会有另外三五个朋友，而你，却是不肯说的，是不是？

父母也是苦的

许多时候，做家长的人，因为本身担当着许多人生的艰辛和责任，这种生活，并不全然完美，而又不得不承受下去，他们是伟大的！因为做父母的，从孩子一出生，便成了爱的囚犯，而且这种父母囚犯，是终生的，不能因病外保，也没有假释可言。亲爱的孩子，不要生气陈姐姐好似又在替父母讲话，请你看下去好吗？也因为为人父母的艰难，父母们常常会忘了一点点小事情，那便是——孩子对人生的选择尚在迷茫时期，孩子并不一定同意父母用在他们身上付出的关爱方式，更别说强迫读书了。

答案不是立即来的

因为我们受了教育，便懂得了进一步的思考，有了思考，问题必然也同时增多，问题多了，一旦想求“即刻的答案”，便会生消极甚而完全灰色的人生观。而你，我亲爱的小弟弟，你去打架了，打了又打，哭了又哭，叫了又叫，只因为这一切的人生，没有给你“立即、满意的答案”。可是，孩子，陈姐姐跟你的家长和老师们一样地忧心呢，你说世上没有人爱你，真的没有任何一个人爱你吗？

少年真重要

少年，是人生的一个时期，在这一个过程里，不只因为我们思想不再天真，同时我们的生理状况，也为着未来的成长在做极大的预备工作，这是内外两种改变的交织，是不很容易度过而又极重要的一个时期。有的少年，在度过这几年的时光里，非常艰难；有些少年，稍稍平和些，这和生理有着必然的关系，而又不能只以人生哲学或思想来说服平衡这种现象，更不能以为责骂或处罚便是唯一的方法。很可惜，一般的父母大半用了令孩子反感的教育手段，虽然那是出于爱。

可贵的迷茫

你写的是“泪笑三年”，而从你这么诚挚的心声里，我没有看见笑，只看见黑暗中一次又一次不受了解的呐喊和眼泪。孩子，人生最可贵的事情，在我看来，便是少年的迷茫。迷茫“生”的问题，迷茫生的追寻，迷茫生的痛苦。“迷茫”表示你在思考，表示你不人云亦云，这是极好的第一步，为什么却认为自己是一个坏孩子呢？别人说你是坏孩子，难道你便相信了？你做给他们看，你不坏。

也曾有一个少年

跟你讲一个故事。也曾经有过一个十三岁的少年，因为对人生找不到答案，在一个台风之夜割腕自杀。当然，她被救了，手上缝了二十八针，这些针痕，至今留在她的左手上，一生都不能消去。她不只试了一次要放弃生命，她的一生中试过三次，在二十六岁以前。留下的是两个疤痕和至今救不回来的胃病。现在，这个少年已经长大了，她也会思想那些过去的日子，她也不只在少年时受过挫折，可是，而今的她，一个仍然觉得年轻的女人，并没有属于自己的家庭，没有固定的居所，没有太多的朋友，没有什么人了解她，也没有足够一生吃用不愁的金钱，没有子女，没有时间，没有太完美的健康……可是，她是快乐的，安详的，明朗的，而且不找人去打架。这一切，不是她有多么聪明换来的，这一切是一个奇迹，在每一个人身上都可以公公平平得到的奇迹，那便是时间。这个故事的主人，你是看过她的，请你用想象力去想一下，她也曾是一个如你一般的少年，这条路，她也走过的，一步一步走过来的。

我们要什么

孩子，你说，联考的压力是一种魔鬼，它逼了你三年，而今仍有另外一个三年的鬼要逼你。孩子，你真会用字，用得好，可见你表达的能力强于打架。可是，为什么又去打呢？为什么不写呢？每天用十分钟，把内心的挣扎，诚诚实实地写出来，然后，将它锁在抽屉里，不给任何人看。如果你真正那么不喜欢书本，安静下来，找一个好天气，在清晨的校园里——不要在夜间，慢慢地吹吹口哨，静静地了解一下自己，问问自己，问问我这一生，对什么样的事情感兴趣？我有什么别人不及的天赋和潜能？我有什么长处？我有什么短处？如果那么厌恶上学，那么去选一门感兴趣的手艺是不是也行得通？如果仍想上大学，那么便不要再挣扎，静心看书，去挤那个窄门。万一进了大学，则要做一个认真的学生，而不是混文凭的那种人。

安静

孩子，不要急，不要再头破血流地度过少年期，请你安静你的心，不要再哭，不乐观也不悲观，轻轻地问一问自己，你的一生做哪一种工作最使你愉快胜任。不要去管那些功利主义社会下人们对职业贵贱的价值观，管你自己的心，如果你觉得做一个一般人看来卑微的职业，而内心快乐，那么便一步一步去实行吧！在我的观念中，工作只有不同，没有贵贱。

我也哭过少年

亲爱的孩子，在我是一个少年的时候，我跟自己父母的相处也是不很融洽的，我的师长们因为要照顾的太多，对我也不能付出全部的关心与爱，我也曾如你一般地哭了许多年。可是现在我长大了，我明白了一些少年时代不太清楚的事情，也学会了包容和感激，虽然我的父母仍然当我是小孩子一样地管束，可是我不反抗他们了，因为生命来自父母，养育之恩无法回报，“孝子爱日”这句话的意思也慢慢懂了。我们多活一天，与父母的相处便少了一天，这么想，是不是每一天的日子都是珍爱的呢？不再跟你讲这种话了，你要反感的，让时间来对你讲这些感受吧，时间会给你一切的答案。孩子，不要太急，不要急，慢慢地活，人生比较长。

我是有用的人

现在你是个高中生了，请你答应陈姐姐，每天对自己说：“我是一个好孩子，一个有用的人，我不担忧明天的日子，可是今天的一日，我要尽可能做得完美。我要常常微笑，真心地笑，我也可能哭，可是不为挫折而哭，我只为了伤害他人之后的羞愧而哭。我要静听内心的声音，看看自己是一块什么样的材料，便用来做什么样的东西——而世上所有的东西，都是有价值的。”

我是你的朋友

不要忘了，亲爱的少年，我是你的朋友。世上有许多陈姐姐，不是只有我一个。跟你同年龄的少年做做朋友也是很好的，他们不是看轻你，是你太敏感，老要动不动便去打人，别人当然怕你了。

介绍你看一本书好不好，书名叫做《小王子》，是法国飞行家ANTOINE DE SAINT-EXUPÉRY写的一本绝对不枯燥的好书。有中译本，而且译得很好，你去找来看一看好吗？

太多的话想跟你讲，可是窗外的阳光那么明亮又美好，我想最好放开这些内心深渊的对话，去享受十五分钟只晒太阳的初春。你看，人生并不是那么完全是痛苦的，看完这封信，你也去晒十分钟的太阳好吗？阳光真美，是不是？　祝你

快乐

陈姐姐上

如果我是你

三毛女士：

我今年廿九岁，未婚，是一家报关行最低层的办事员，常常在我下班以后，回到租来的斗室里，面对物质和精神都相当贫乏的人生，觉得活着的价值，十分……对不起，我黯淡的心情，无法用文字来表达。我很自卑，请你告诉我，生命最终的目的何在？

以我如此卑微的人（我的容貌太平凡了），工作能力也有限，说不出有什么特别的兴趣，也从来没有异性对我感兴趣。

我真羡慕你，恨不得能够活得像你，可惜我不能，请你多写书给我看，丰富我的生命，不然，真不知活着还有什么快乐？　敬祝春安

一个不快乐的女孩上

不快乐的女孩：

从你短短的自我介绍中，看来十分惊心，二十九岁正当年轻，居然一连串地用了——最低层、贫乏、黯淡、自卑、平凡、卑微、

能力有限这许多不正确的定义来形容自己。

以我个人的经验来说，我也反复思索过许多次，生命的意义和最终目的到底是什么，目前我的答案却只有一个，很简单的一个，那便是“寻求真正的自由”，然后享受生命。

不快乐的女孩，你的心灵并不自由，对不对？当然，我也没有做到绝对的超越，可是如你信中所写的那些字句，我已不再用在自己身上了，虽然我们比较起来是差不多的。

如果我是你，第一步要做的事是加重对自我的期许与看重，将信中那一串又一串自卑的字句从生命中一把扫除，再也不轻看自己。

你有一个正当的职业，租得起一间房间，容貌不差，懂得在上下班之余更进一步探索生命的意义，这都是很优美的事情，为何觉得自己卑微呢？你觉得卑微是因为没有用自己的主观眼在观看自己，而用了社会一般的功利主义的眼光，这是十分遗憾的。

一个不欣赏自己的人，是难以快乐的。

当然，由你的来信中，很容易想见你部分的心情，你表达的能力并不弱，由你的文字中，明明白白可以看见一个都市单身女子对于生命的无可奈何与悲哀，这种无可奈何，并不浮浅，是值得看重的。

很实际地来说，不谈空幻的方法，如果我住在你所谓的“斗室”里，如果是我，第一件会做的事情，就是布置我的房间。我会将房间粉刷成明朗的白色，给自己在窗上做上一幅美丽的窗帘，我在床头放一个普通的小收音机，在墙角做一个书架，给灯泡换一个温暖而温馨的灯罩，然后，我要去花市，仔细地挑几盆看了悦目的盆景，放在我的窗口。如果仍有余钱，我会去买几张名画的复制品——海报似的那种，将它挂在墙上……这么弄一下，以我的估价，是不会超过四千台币的，当然除了那架收音机之外，一切自己动手做，就省去了工匠费用，而且生活会有趣得多。

房间布置得美丽，是享受生命改变心情的第一步，在我来说，它不再是斗室了。然后，当我发薪水的时候——如果我是你，我要给自己用极少的钱，去买一件美丽又实用的衣服。如果我觉得心情不够开朗，我很可能去一家美发店，花一百台币修剪一下终年不变的发型，换一个样子，给自己耳目一新的快乐。我会在又发薪水的下一个月，为自己挑几样淡色的化妆品，或者再买一双新鞋。当然，薪水仍然是每个月会领的，下班后也有四五小时的空闲，那时候，我可能去青年会报名学学语文、插花或者其他感兴趣的课程，不要有压力地每周夜间上两次课，是改换环境又充实自己的另一个方式。

你看，如果我是你，我慢慢地在变了。

我去上上课，也许可能交到一些朋友，我的小房间既然那么美丽，那么也许偶尔可以请朋友来坐坐，谈谈各自的生活和梦想。

慢慢地，我不再那么自卑了，我勇于接触善良而有品德的人群（这种人在社会上仍有许多许多），我会发觉，原来大家都很平凡——可是优美，正如自己一样。我更会发觉，原来一个美丽的生活，并不需要太多的金钱便可以达到。我也不再计较异性对我感不感兴趣，因为我自己的生活一点一点地丰富起来，自得其乐都来不及，还想那么多吗？

如果我是你，我会不再等三毛出新书，我自己写札记，写给自己欣赏，我慢慢地会发觉，我自己写的东西也有风格和趣味，我真是一个可爱的女人。

不快乐的女孩子，请你要行动呀！不要依赖他人给你快乐。你先去将房间布置起来，勉强自己去做，会发觉事情没有你想象的那么难，而且，兴趣是可以寻求的，东试试西试试，只要心中认定喜欢的，便去培养它，成为下班之后的消遣。

可是，我仍觉得，在这个世界上，最深的快乐，是帮助他人，而不只是在自我的世界里享受——当然，享受自我的生命也是很重要的。你先将自己假想为他人，帮助自己建立起信心，下决心改变一下目前的生活方式，把自己弄得活泼起来，不要任凭生命再做赔本的流逝和伤感，起码你得试一下，尽力地去试一下，好不好？

享受生命的方法很多很多，问题是你一定要有行动，空想是不行的。下次给我写信的时候，署名快乐的女孩，将那个“不”字删掉了好吗？

你的朋友

三毛上

不要也罢

亲爱的三毛：

我是一个在工厂做事的女工，因为一个人在外谋生，心情很孤单，认识了一群事实上内心并不满意的朋友，我也在里面跟他们混日子，内心十分迷茫、矛盾，很想离开这些品德不好的朋友，可是，若离开了他们，便觉得孤单和无依，真不知如何是好。

三毛阿姨，不知您是否愿意在这件事上给我一些指导与建议，好让我能作一个正确的抉择？

麦玲敬上

麦玲：

坏的不去，好的不来。

品德不好的朋友，不如不要。

三毛上

回不出的书信

亲爱的朋友：

翻阅了将近一整夜的书信，却找不出一两封可以公开回信的题材。书信专栏原本应该多彩多姿、各色各样才叫美丽活泼，可是手边的来信，归类起来却是如此的相同——千篇一律的抱怨和苦痛，好似没有几个人对自己拥有的生活现况感觉欣赏与赞叹，也少有几个人除了看见自己之外还看见其他的人和事。

我将回不出的书信放在桌上，走到窗口去站了一会儿，想到书信中一个一个自找苦痛的生命，看见高楼下深夜的灯火，心中禁不住要问——难道在这片灯火下的人群真的那么不快乐吗？

好似书信中的每一个人都在羡慕他人，每一个人都以为自己的遭遇是人间最不幸的，每一个人都只强烈地抱怨自己的命运甚而怪责社会与家庭，而极少极少在文字中对自己之所以形成今日的局面有所检讨和反省。

反正自己永远是对的，总而言之，社会和生命是对不起人的。

存着这种心态生活的人，是没有法子通信的，这很难，真的很难，要改也很难，如果自己不改，他人也是没法进言的。

其实，任何一份生命都有它生长的创痛与成长的过程，这些过程仿佛是种子，在日后的生活中都会彰显出来，于是我们的生命便在这许多的历练中愈见成熟；生命的成熟过程其实避免不了挣扎和伤感，而生命之美，却也是人间世人加以赋形和圆全的，这十分主观，见仁见智，各有所得。可是，如果只是一味地抱怨，这份在我看来极有价值的存活，便显不出来了。

有人问过我，人生最重要的是什么？脱口而出的回答是——智慧。后来想了想，觉得不太周全，难道除了智慧之外，快乐不重要吗？真诚不重要吗？金钱不重要吗？爱不重要吗？自由不重要吗？勇气呢？健康呢？家庭呢？友谊和了解呢？难道这些都不重要？

我又告诉自己，这一切，其实都已被智慧所涵盖，在智慧的大前提下，其他的东西应该自然而然随之而来的。

“三十六计走为上策”是每一个中国人都知道的计谋之一。如果我们对目前生命的局面不能满意，而且已经尽力而为了，仍然不成，那么为什么不由这一个局面中跨出来，再去开发一个更新的局面呢？许多人说：“我不能。”这句话没有道理。你能，如果你下决心去做，你能的，问题是没有决心就真的不能了。当然，在有计划地开始一个新的局面时，知己知彼却是不可忽视的要素。没有能力去摘月亮的时候，我们便去摘果子吧。不喜欢橘子可以去摘葡萄，不喜欢葡萄还可以去种菜呢。

这封信其实也是写给自己的，也是写给许许多多来信中对上司不满、跟丈夫不和、向社会反抗、同父母争执、与同学处不来……这种种人生普通现象抱怨的朋友们。

让我们彼此共勉，期许自我的生命得到接近完美的展现，尽可能减少缺陷的心情，在心灵上脱离一层又一层的束缚，使得生命达到某种程度的自由，而这种自由并不是白白便能得来的，如果我们不提升——或说返璞归真，不痛下决心去调整局面，一切都是枉然。

圣经上说智慧，佛经上也说智慧，我多么愿意自己是一个追求真光的勇者，不怨怪客观环境的一切，尽力将生命的舵交给智慧之星的引导，航向无边无涯的广阔人生。

亲爱的朋友，包涵吧！尊重吧！这里面包括了对自己的那一份看重。偶尔抱怨一次人生可能是某种情感的宣泄，也无不可，但是习惯性地抱怨而不谋求改变，便是不聪明的人了。

西班牙有一句谚语：“如果常常流泪，就不能看见星光。”我很喜欢这句话，所以即使要哭，也只在下午小哭一下，夜间要去看星，是没有时间哭的。再说，我还要去采果子呢。

许多来信，在这里做一个总回，同样性质的信，便不再另回了。　敬祝

安康

三毛上

小朋友好

陈姐姐您好：

我们是一群爱看您文章的小朋友，第一次接触到您的文章，是老师印的补充文章：《悬壶济世》。经过老师的介绍，我们对您的文章很感兴趣，便把零用钱省下，跑遍书店搜罗您的作品。

大家最喜欢您的《撒哈拉的故事》，我们常想，沙漠这种物质文明缺乏的地方，您还能如此坚强地度过，想必是个很有毅力的人。

最近老师要我们进行一个“心灵的探访——拜访我所喜欢的作家”活动，我们恳切地希望能与您见面访谈，所剩时间不多，必须在六月以前完成访问工作，我们知道您很忙，但我们会尽力配合您的时间。　敬祝

健康快乐

市师专附小五年一班

学生　林静玉、郑卓伦、吴彦璋、

史宇豪、谭志宜、江旭敏、赖亿如

亲爱的台北市师专附小五年一班的朋友：

收到你们的来信心中真有说不出的欢喜。各位想与我见面访谈，是我极大的光荣。

因为你们目前只是小学五年级，这个年纪说大不大，说小也不小，可是我居住的地方与贵校的地区仍是远了些，如果小朋友们结队来看我，这一路的乘车、换车仍然是很费周章的，同时也会使我担心，又怕各位麻烦老师领路，浪费了老师的时间，是不敢当的。

想来想去，最方便的办法就是我将自己送到贵校来，在贵校指定的地方，接受访问，这么一来，便不会劳师动众了。

这样的安排很可能使各位失去了一次远足的机会——我的家很远，十分抱歉。一切请各位安排，以上只是我的意见而已。

希望这一次“心灵的探访”能够使各位满意，我愿将我的心打扫干净，欢迎各位进来看看，而且，每一个心房都因为小朋友的来访而畅开，有问必答。

欢迎，欢迎！小朋友好！

三毛敬上

不会忘记你要的明信片

三毛：

我们是本家，我叫小禹，国中二年级学生，我最爱看您的《背影》，尤其是前两篇。

您的故事，常常都有些“离奇”，那些英国人真的把您留在拘留所？和您同时留在内的人都出来了吗？

克里斯和莫里是不是还和您有联络？这些人都很可怜又可爱。

回信时请给我在加纳利群岛的地址或台北您父母府上的地址好吗？我知道您常在国外走来走去，我有个请求，能不能在搭飞机时替我拿个航空明信片留做纪念。

请多保重身体，祝福您！

陈小禹

小禹：

我的确进过英国的拘留所，那儿的伙食相当丰富。同时间留在里面的人想必是出来了，因为这已是许多年前的往事了。

克里斯来过台湾看我，一共两次，在去年。他正在用极少极少的金钱环游世界。

莫里目前好似在日本东京，四年前通过信便没有音讯了。

我目前住在台湾，加纳利群岛只是一幢空房子而已。今年六月又会去坐飞机，一定记住你要航空明信片。问题是，飞机上的明信片通常只是一架飞机照片，不如旅行的时候替你买有风景或人物的，你说要两张，我觉得太少了，十张好吗？

你的地址我记在通讯簿中带着，不会忘记，可是要等出国了才能替你办事。

我也祝福你，亲爱的小妹妹。

三毛上

又及：你给我的来信没有邮票也没有地址，看来是丢在我父母家信箱中的，那么你不是已经知道我的地址了吗？

如何死得其所

陈阿姨：

我很喜欢您的书，主要是朴实自然，又没有哈大道理，不知您自己发现了吗？（小弟也喜欢您的书，他的原因是：对话多。）

最近《华视新闻杂志》有了您的消息，很高兴见到您的生活图片，只不过搞不清为何叫您“谜样的女人”？

上至大伯母，下至我们，都等您回信，因为我们大家都有一个问题：三毛是真的死了吗？其实，死也没什么好怕，只是没有死得其所。

李恩伟

李小弟弟：

谢谢你的来信。

我的书的确没有大道理，这一点自己也知道的，与你的看法十分相似，很喜欢你有同样的发现。

至于《华视新闻杂志》中一篇访问叫我——“谜样的女人”，

你弄不明白这是为什么，我也不太清楚他们为何如此说。事实上，大人的头脑和小孩子长得不一样，我们却又知道得很切实，那就是：大人们总有本事将很简单的人和事想成特别复杂，你说是谁比较聪明？

你问三毛是不是“死”了，信中你将死字涂得又大又深，看得令人失笑。好孩子，如果要复杂地回答你，我可以说出例如精神死了而躯体活着，或者名存而实亡等等曲折的句子来吓唬你，可是我不说，我只说三毛没有死，不然这封信就不会写出来了。

你又说：死也没什么好怕，只是没有死得其所。这个句子真是好，令人深思。

谢谢！

我很喜欢听你说说：三毛如何死才叫死得其所？如果在这件事情上——三毛当死的场所——有什么宝贵的意见，我是乐于听从的。

亲爱的小弟弟，你的来信使我十分快活，感谢你的关心。　祝你

继续快活下去

三毛敬上

不讲了

三毛：

上次的信怕你没收到，或是看了第一行就顺手丢到垃圾桶去了，所以现在再写第二封。

虽然我们从未见面，我和你也无亲无故，但邀请一个真性情的人来与我们说话，如果你是我，相信你也会试试看。我是以一个私人的身份先邀请你的，因为系上的同学都不相信请得动你，我想朋友何必说要互相认识，冥冥默默之中，有人会在报端上注意你的踪迹，听你的故事，这样不是很好吗？你不会吝啬给予社会一点关爱吧？

陈政佳

政佳：

我从不将任何人的来信丢做垃圾处理，这种事情不顺手，不可以做的。

问题是，许多来信因为转信地址不一，由收信到拆信的时间便会拖长，再说有的时候我不在台湾，便要等回台时才会看见了。

你的第一封来信和第二封是同时开启的。

谢谢你想到我，要我去贵校和同学们见面，我不必想理由才答复你，因为理由本身就是存在的——我不能来。

要求见面的信实在太多了，见面是必需时间的，这很难，因为一天只有二十四小时，而我们也只能有七八九十年可以生存。

我不吝啬给这个世界一点温暖，也尽力在做了，无论做得周不周到，自问已经尽了全力。只因本身太渺小，能做的也只是微小的一部分，而做不成什么大事，时间也不够用。

有时候我对于自己的健康状况总是耻于向人启口，事实上因为每天的工作压力太大，睡眠时间极少，体力和脑力已经透支了很多很多，如果再不休息，只有病倒下来。在这种情形之下，实在不能再和任何人见面，才能完全休息。

请你了解我，包涵我好吗?

今年下半年我便不再教书了，因为身体实在不好。对于这份本身爱之如命的工作和学生都得暂时放下，这里面必然有我说不出的无可奈何与力不从心，请你试着了解我的苦衷好吗?

能见面的时候必然会见面的，现在真的是不行。目前我一直渴想的便是睡觉睡觉再睡觉，可是时间不太够，不能睡。

谢谢你对我的友情，这种友情，心里承受了很多很多，却无法回报，想起来也是很遗憾的。

对不起，我将给你的回信另外发表在《明道文艺》上，也是同时答复了许多类似的来信，以后这一类的信，便不再回复了。

我们做一个不见面而在心灵上相通的朋友好不好？　祝

安康

朋友

三毛上

说朋道友

亲爱的朋友：

离国半年，来信积压了许多，“信箱”停顿数月，十分抱歉。这几天将书信做了分类，这一期不再单独回信，只想将部分相同的信件在这里做一个总答复，因为性质是一样的。

许多青年朋友来的全是长信，信中愁烦、伤心、失望、愤怒的原因都是因为视为至爱的好友改变了态度，或辜负了情意等等、等等。在此我们谈的是友谊中所发生的变化，而不是指爱情类的情感那一类书信。

对于“朋友”这两个字，事实上定义很难下，它比不得“天地君亲师”那么明确而了然，因此所谓朋友，在认知和接受上都必然难免主观。

我总以为，朋友的相交，最可贵在于知心，最不可取，在于霸占或单方强求。西方有一句谚语，说：“朋友的可贵，就在于自由。”这句话是深得我心的。

青年人交友，出于一片热切之心，恨不能朝朝暮暮，生死相共。这种出发点是可以欣赏而且了解的，因为人类常常觉得内心荒凉，期望有一个倾诉的对象。而青年朋友许多心事羞于向父母启口，朋友便成为极为重要而急切的精神寄托，这也是十分合理的心态。

问题是，当人，一旦忘记了距离的“极重要”和“必需”时，太过亲密的交往，往往将朋友这一个随时可能改变的关系，弄成复杂，甚而难堪。

总结所有的来信，对于朋友的失望，大半来自对方所言、所行达不到自己对他所要求的标准。而我却认为，朋友是不能要求的，一点也不能，因为我们没有权力。

古人一再地说，“君子之交淡如水”，这句话实在是不错的。那就有如住在小河边，每日起居中听见水中白鹅戏绿波，感到内心欢悦，但不必每一分钟都跑到门口去老看那条河。因为河总是在的。

朋友的聚散离合，往往与时间、空间都有很大的关系，当一个人的大环境改变了的时候，内心也是会有变化的。老友重逢，如果硬要对方承诺小学同窗时说的种种痴话，而以好朋友的身份向对方索取这份友情的承诺，在处事上便不免流于幼稚和天真，因为时空变了，怨不得他人无力。

再来说大部分的来信，其中多多少少涉及友谊之后而产生的金钱关系。虽说好友有通财之义，但是急难时，总得等对方首先提出愿意相助，才叫不强人所难。如果情感真切，而对方不能以金钱支助，他人可能有本身的困难或对金钱处理的态度，不能因为受拒而怪责那是不够朋友。一个好朋友，首先必须为对方设想，金钱之事，能不接触，是最体谅朋友的一种行为。除非生死大事实在走投无路，可开口商借。但如芝麻小事或要朋友一同“上会”被拒，该怪责的当是自己，不是他人。

也有来信中说，被朋友出卖了，一再告诫不可说给第三者听的秘密，告诉了朋友，因而传扬开去，使人窘迫。其实，这是我们自己的识人不精，也是自己出卖了自己。这也愤怒不得，谁让你忘了“见人只说三分话”这句谚语的真理呢？反过来说，不做见不得人之事，一生光明坦荡，哪来的秘密叫人给传了出去会受到难堪？一个没有秘密的人，当然很少，如果实在是有，又想倾诉，那就请静心看看对方是否值得信任；如果心存怀疑，便不要一时冲动脱口而出，悔之不及。

更有来信说，自己对待朋友出自一片真心，想不到对方并未真心回报，因而十分痛苦，甚而痛骂朋友狼心狗肺等等。这些来信中，“想不到”三字用得最多。这不能怪别人，只怪自己怎么连这么简单的人情世故都“没有想到”，他人不是自己，我们要精准地控制自己都难，更何况控制另一个人？

也有一些优柔寡断性格的来信，说明自己正与一群朋友同流合污，又下不了决心脱离那个圈子，请问三毛要怎么办？我说，就这么办，跳出那条污水河，比如壮士断腕，起初可能麻烦，事后想想，幸亏下了决心，不然失足千古，是不得一再拖延的。一个影响不好的人，不能叫朋友，只能叫敌人。当然，也不必去跟敌人对打，三十六计走为上策，快走快走，迟了来不及了。

更有来信说，对于某个死缠烂打的朋友实在极不欣赏，苦于情面或怜悯，不忍深拒，因而感觉深受束缚，又不能告诉对方，怕对方受伤。这种处理，实在是小看了他人，高抬了自己。世界上没有一个人能够说——“没有他我活不下去”。人，在本身体内自有韧性与生命力，不会因为朋友疏远而去跳河，了不得十分悲伤，但时间久了，也是会过的。我们实在不必为对方想得太多，而低估了对方失友之后的再生。不会死的，请对方自己处理去吧。

朋友这种关系，最美在于锦上添花，热热闹闹庆喜事，花好月更圆。朋友之最可贵，贵在雪中送炭，不必对方开口，急急自动相助。朋友中之极品，便如好茶，淡而不涩，清香但不扑鼻，缓缓飘来，细水长流。所谓知心也。知心朋友，偶尔清谈一次，没有要求，没有利害，没有得失，没有是非口舌，相聚只为随缘，如同柳絮春风，偶尔漫天飞舞，偶尔寒日飘零。这个“偶尔”便是永恒的某种境界，又何必再求拔刀相助，也不必两肋插刀，更不谈死生相共，都不必了。这才叫朋友。

话说回来，朋友到了某种地步，也是有恩有情的，那便不叫朋友，叫做“情同手足”，手足已入五伦之内，定义和付出当然又不同了。

两性之间的朋友，万一一方有了婚姻，配偶不能了解这份友谊而生误会，那么只有顾及家庭幸福，默默退出，不要深责。人间“不得已”的事情不是只有这一桩，如果深爱朋友，必须以对方幸福为重，不再来往，才叫快乐。

男女之间，以纯友情转化为爱情，也未曾不可，相知又相爱，同组家庭，两全其美，不也很好？何必犹豫呢？

其实，天地可以称朋友，爱民为民的一国之君也是某种朋友，父母手足试试看，也有可能亦亲亦友，老师学生之间也能够亦师亦友，这也是教学相长。

如果能和自己做好朋友，这才最是自由。这种朋友，可进可出、若即若离、可爱可怨、可聚而不会散，才是最天长地久的一种好朋友。

说了那么多，这封信实在不算是答复，只是很愉快地写出了对朋友的观点而已。

谢谢各位来信给我的灵感。

三毛上

愧疚感

亲爱的通信朋友：

各位的来信,实在是宝贵的。信中所谈的问题,有如一面镜子,照出了我本身也有的种种迷茫和困境。这一次信件分类中，想谈谈“愧疚”的主题，这样的来信，也是占多数的。

大凡心存歉疚的人,在本质上往往偏向躁急性格。做出来的事,说过了的话，甚而伤害到某一个人，在事情发生当时的心态与事情过后的再思，往往自相矛盾，而且悔不当初。其实，在心地上，这些来信的朋友，都是善良的。

这样的来信，大半以青少年朋友居多。而内疚的对象，往往是家人手足，尤其是对父母。

看见一些来信中做儿女的因为伤害父母，内心苦痛自责而笔下千言地写出来——给三毛，总使我有一点点冲动，想照着来信地址将原信寄回去，收信人，写上他们的父亲或母亲，这不就成了和事佬了吗？当然，没有真的去做，因为来信没有允许我如此。

其实，心存内疚的人，大半是有心的人，只是在行为上——修补人格性情的决心，十分不积极而懦弱。

当我们，无论是有心或者无心伤害到了一个人、破坏了一件美事，知道错了，已是难能可贵；懂得自责，又进了一步；放在心里折磨自己，或写信向不相干的第三者去痛哭流涕，这也是好的，起码这都一步一步在自觉自省。

可是，写信给没有受到伤害的朋友，倾吐心事，在动机上仍是出于“自私”，这种“写信目的”，无非是想使自己的罪恶感减轻一些而已。尤其是写信给完全不相识的人如我。

内疚又分许多种。有时，芝麻大小事情发生了，太过善良的人，便将它们看成世界末日，把一切的错都招来放在自己心上，默默地受磨折，日而久之，影响到往后性情上的不能开朗和释然，几乎成为病态。

也有另一份内疚，认真造成了一个事件，直接影响到他人的幸福，那么这又另当别论了。

说到题外话去，被伤害的人，没有学着保护自己，任人伤害，也是值得检讨的事。当然在此说的只是一般人情世故，不是报刊上出了社会人命的那种。

我们再回过来说歉疚感。既然自认做了对不起他人的事，或只是出于误会、急躁、不耐烦等等情况下而造成的人际僵局，那是最不必苦痛的。

中国有一句成语：“解铃还须系铃人。”打一个比方，最常见的——既然当初有这份狂妄和任性，向母亲大叫大骂，不体娘心，而今难道没有同样的勇气和良知，去母亲身边诚心道歉说明，使这冰冻的疼痛化为和风？

古时“周处除三害”，不在于他除了前面两害的好本事，他的自我顿悟和改变，才是这个故事因而流传下来的可贵可敬之实。

对于父母、手足、同学、朋友，如果真正背负着那么沉重的歉疚感——如同信上所写。那么不必再悄悄来信给我了。一来又来，于事无补，徒然浪费精神。

这种感觉如果积压太久，对于身体的伤害也是很大的。解决的方法，除了道歉之外，内心真诚痛下决心，只要出于一片至诚，对方百分之九十是能谅解的。万一，对方仍不肯谅解，这其中，我怀疑涉及金钱的事占大半，那么欠债还钱，分期分年分月摊还，不占他人血汗辛苦，才是实事求是。情感的欺骗，自然又是一种。某种人，对情真真假假，游戏人间本来不是死罪，如果对方不是如此人生观的人，也拿来开玩笑，造成他人遗恨终身，自己虽然也有悔意，总是伤德。这便不是道歉能解的事了，那份内疚，是该当跟随一辈子的——是为报应。

也有上面所说，芝麻大小之事，发展成仇，自己存心道歉，他人不肯原谅，也是常见的事。这件事，涉及双方胸襟和本身性格。强求不必，尽其在我，尽情尽义而对方仍不能化敌为友，那么更不必痛苦，只有算了。

这类来信的朋友，大半善良而谦虚，很少怨怪他人，只有深责自己。其实所谓内疚，不过小事一桩，勇于化解，就是善待本身良心。

思想是可贵的，行为亦是可贵，这两件事，相辅相成，缺一便不圆满了。

谢谢来信使我明鉴省视自己，感激不尽。

三毛上

少年愁

亲爱的朋友：

又是青年节的月份了。对于这一个节日其实好似已经不再属于我，可是想到那么多封来信——青年朋友的，仍想写几句话。

最不喜欢一般社会上的中年人或老年人，讲起少年或青年人时，总常引用的两句诗——少年不识愁滋味，为赋新词强说愁……好似只有经历过了大半人生的人才有资格说自己尝过那愁的滋味。然后在诗句后半段，说：嗳——看穿啦，秋天真凉爽。

其实，少年有少年人的心事，青年有青年人的迷茫，在这种初初面对社会、生活、学业和前途的一个断层阶段，那种惧慌和压力，绝对是胜过中年的。中年和老年，其实才叫安然，因为这条愁路大半已经走过来了，于是当然可以说风凉话了——对青年人。

收到许多封青年人的来信，好似总也不受了解，心里那份对生的挣扎，充满着刀割一般尖锐的痛和委屈，当然，也有很深的寂寞和悲哀。而一般人，是看不见的。总以为青年人有本钱，一些生活小事上的不能快乐，叫做自寻烦恼而已。

我认为，青年人的确有本钱，那份所谓本钱，在于身体的健康以及来日方长的时间，这是一个角度。青年人事实上又真苦，因为实在没有本钱。就从最直接的来说，没有本钱就是口袋里根本没有钱。除了青春之外，本身的能力、社会经验、人际关系，都欠缺太多；以上的欠缺，造成必须“自力更生”时种种十二分实际的苦痛，那有如一场战役。自力更生这四个字，表示再不能吃父母的饭了，也表示学校时代“子宫时期”的一种结束。青年人乍一下突然面对社会，发觉孑然一身不算，还得养活自己，那份惊慌失措，比一个婴儿的初初面对生命，还要来得巨大。而青年人不可能饿了便哭，因为要找奶瓶活下去的就是自己，哪有时间去哭呢？所以说，青年人又是没有太多本钱的，这又是一个角度了。

在人的一生里，我认为青年时代最有可为，也是最艰难的。

有一年，去年，偶尔听见曾经教过的一班学生，毕业了开始找事时的对话。一个说：“喂，我发觉社会上将大学毕业文凭这回事，不当什么吔！”另一个说：“怎么会？我们是大学生吔！”听见这样可爱又纯洁的对话，几乎令我大笑起来。天之高，地之厚，这些孩子要拿文凭去抵，是不可能的，而他们并不知晓。这也是青年人的可悲之处。

很多的人，分不清理想与梦想的不相同。理想，是一种可能实现也可能不实现的观念，这要天时、地利，加上人和三大条件才能略知成功与否的一二。而梦想，可以想得天花乱坠，随人怎么想，要实现起来，大半是不成的。

青年人对于社会的要求也高，失望也快，却很少注意到，一个成功的中年人或老年人的背后，往往有着许多辛酸血泪的故事。这尚不够，那份持续的认真与努力，也是一个成功者必然的付出。这以上说得又不完全，智慧才是一个人成功最大的条件之一，缺了它，什么也不成。

而智慧，是可以培养的，它和“小聪明”这三个字，十分不同。一个肯于虚心吸收观察一切，经常反省、审查自己缺点和优点的人，在求智慧上，就比那些不懂得自省加观察的人来得快速了。不但如此，如果也能平心静气地去细看分析社会现象，体谅他人做事的苦心，就更圆满些了。

许多的青年朋友，将理想与梦想混为一谈，等到必须自求生路时，迈出了步子，踏入社会，方知连要安然地吃一口好饭都不简单的时候，便将理想、梦想，一起立即推倒，从此消沉下去，甚而又问出“人生何来”那样悲伤的句子来。

看见这一个又一个青年人，在人生的道路上走得颠三倒四，我的内心总生出许多感触和爱莫能助的无力之感。

常常听见身边的青年朋友怨叹人生，说是怀才不遇，社会不公平等等。而我总以为，一分才情，或三分才情都成不了大事，那七分认真和努力如果不肯持续地投进生活中去，便算不得大才。如果想快速地成功或干脆说白，叫它——有钱，岂是一朝一夕便能达到目的的？而真正有大智慧的人所追求的人生，又岂只在钱财之事上呢？当然，这么枝枝节节往外扯，就太远了。

觉得中国小部分青年人，在这一代的，刻苦忍耐的精神和观念都太不够。眼光浅，心气浮躁，批评起他人来头头是道，而很少苛责自己。行为和思想上的不能配合，往往造成一生中大好时光的浪掷，是十分可惜的事。

又因为中国的学生教育——无论在家庭或学校中，和生活如此地脱节，使得我们的青年人在行为上有如少年，在思想上一片僵化，除了书和文凭之外，对于一切社会人情，比起一个自小做学徒长大的工匠来说，那差得远了。这是因为“万般皆下品，唯有读书高”的观念造成的不能平衡，也当然是教育的失败之一。

社会本来是一个竞争的地方，我叫它“斗兽场”。弱肉强食是自然界的一种现象，所谓“人吃人”这句话，细想起来，实在有它某种程度的真理在。这不可悲，可悲的在于，那些自甘被吃的人，往往都只因为年轻，如果人人都做强者，那么谁也吃不了谁，大家都保全了性命，不是更好吗？

也有人问：如何才能做个强者，不被吞灭？问的来信不是上文这么直接，其实意思是一样的。

看见年轻人初出社会，心里总是同情、了解又心疼的。觉得做年轻人真是苦，那个苦，不是过来人所说的一种轻愁或强愁，那种愁，是又真，又切，又实在而又一时突不破的。

说到这里，觉得自己不能突破的事情尚有好几件，又如何能再说什么话呢。可是话仍是要说的，明知不太可能管用，总比不说的好。

最不喜欢用克服困难、努力向上这种字眼。人生没有那么简单；困难，有时也不是一个人的力量所能“克”“服”的。想说的是，无论哪一种个性的青年朋友，我们要培养本身，学习A血型人的冷静，B血型人的有弹性和开朗，加上O型的择善固执和AB型的双重人格，将这些看上去矛盾的不可能，耐心地放在每日的行事为人上去做实验。我们不克不服困难，可是心平气和地去学着化解自己。这绝对和虚伪、狡猾又不同，做一个有弹性的人，是多么重要的功课。我们看，大自然里，刚硬的树枝必然脆弱，而它们的表相，往往粗大而引人注目。细柔的藤条可能强韧，可是乍一看去，又那么不显眼而渺小。青年人急于成为大树，而内在本质的坚硬与否便来不及去顾及，一刀砍下去，便是断了。

苦痛和挫败，在一般人眼里看去，都是坏字，可是我却认为，如果白白苦痛一场，的确是败兵败将的唯一收获。一个有智慧的人，一旦懂得“利用苦痛”和“分析挫败”使得自己因而更上层楼，这些看来不顺的事情，就被化解为另一种有用的工具，使我们在日后的路上，用来当拐扶，走起来愁不愁但看本身境界，可是再跌倒的可能性绝对会减少一些。

年轻人心气高傲又自卑，这两种心事，进入社会之后，没有人管你太多死活，便要当心自我的调配，不要因而走上太决裂的路上去。而看见许多好青年，只因在分寸之间没能掌握得准确，失之千里，又令人扼腕。

又有一种心态的大孩子，总将人世看得过分黑暗，却因此忘记了，黑暗是光明衬托之下，才产生的一种比较。过分天真，将一切人看成善类，的确危险。但是，如果将一切的众生全看成是恶的、坏的，那么这双眼睛不如早早闭上，不看也罢。眼睛的可贵，在于看山是山，看水是水，不要山水颠倒，或是将它们混成一团稀泥，那样上苍给我们眼睛的好意，就被辜负了。

也有年轻孩子，说在进入社会之后处处仰人鼻息，内心痛苦不堪。我想，这在于如何观察事情。忍耐，是很难很难的功课，不然这个“忍”字不会如此造法。基本上我反对“忍耐论调”，而事实上我个人每日也在忍耐又忍耐这场人生，这都是因为化解自己的功力不够，做人弹性不足，才有的结果。忍耐是伤害健康的，因为压力如山，担久了必会生病。

更有青年朋友跟我说，诗人中最欣赏陶渊明，这个人，不为五斗米折腰，是个了不起的人——采菊东篱下而去，多么淡泊。陶渊明不为五斗米，因为他家里还有人替他种田，让他悠然望南山啊。这个“不折”，也是有条件的一种洒脱，并非全无条件的。青年孩子，我们没有田的人，这个腰可以不折，但肚子饿了你能有气力去采菊花吗？

青年人的真苦，就在于条件的不足，只有靠时间和持续的成长来开启哀乐中年之门，这岂是一时便熬得出来的？而大半孩子，急于找寻时光隧道，恨不能一点付出都不必，便来了天凉好个秋。这，哪有那么容易？

说了很多，都是纸面上诚诚恳恳的一些感想，要是青年朋友不要性急，慢慢地去看，目前也许不会有任何答案，可是十年后，也许感受到的比这篇文章会更深，更明白许多人生的必经之路。毕竟在这条路上，我个人走得也十分不安稳和艰辛，也是一个不算有智慧的人，只是一份真诚罢了。

题目叫它《少年愁》，也是因为那首说少年人无愁的诗句感怀而起。少年、青年是真愁的。人生第一境：昨夜西风凋碧树，独上高楼，望尽天涯路。这个情景刚刚才由心里生出，是非常迷惘又无助的。青年节，愿与朋友共勉，我们一步一步走下去，踏踏实实地去走，永不抗拒生命交给我们的重负，才是一个勇者。到了蓦然回首的那一瞬间，生命必然给我们公平的答案和又一次乍喜的心情，那时的山和水，又回复了是山是水，而人生已然走过，是多么美好的一个秋天。

三毛

亲爱的三毛

我愿在这步入夕阳残生的阶段里，
将自己再度化为一座小桥，
跨越在浅浅的溪流上，
但愿亲爱的你，
接住我的真诚和拥抱。

亲爱的

那天，在热热的夏日黄昏，走在台北市忠孝东路的斑马线上，迎面缓缓走来一个漾着微笑的女孩子，当我们就要擦肩而过时，她突然举手轻轻摸了一下我的面颊，说："亲爱的三毛——你。"然后消失到人群里去。

又有一天，我站在一大堆衣服架子的后面发呆，两个也在挑衣服的母女对我一直点头又微笑。最后我们三个人各自买下花式一样的T恤，作为此次见面的回忆。不再留下地址。

再下来还是我啦，提了三大包塑胶袋，里面放着三个枕头和一大床冬天的棉被，苦等有哪一位好心的计程车，肯在这种大雨里让我共乘。我站在红绿灯的边边上，每见有车子停下，都上去敲窗。就有这么一位骑摩托车的青年，看到了那哀哀无告的样子，向我大喊一声："上车来，载你回家！"于是，我们一起淋着雨飞驰过台北市的街头。等我下车时，坚持问他的名字，他笑睇我深深一眼，把发际的雨水一甩，跑掉了。

又来的一次，我拿了冲洗好的照片正预备离去，照相馆的大玻璃门被三位西方顾客慢慢推开。柜台里两位先生、一位小姐这下惨叫一声："死啦——我们最怕讲英文。"服务小姐立即又小声地说："三——毛。"眼睛瞪住我打出狂烈求救信号，我看照相馆里的朋友突然变得很像漫画人物，就留了下来——帮忙。我们赚了美国人三百六十块台币。

又是一个清晨，我推了一小车的菜蔬，再去市场的杂货店里买糯米。那种米有长粒的、圆粒的。我问老板："请问煮红枣稀饭哪种米比较好？"那老先生也不答正话，道："你呀，嫁人以前，最好把这五谷给分分清楚，不然，不管人的胃，只管人的心，是留不住先生的。"我笑说："嫁过啦。放心。现在请问煮红枣稀饭要长米、圆米？"老先生又说："我思想并不保守，你嫁过了我也知道，还是再嫁的好。贞节牌坊这东西现在不兴了，做人嘛——"我插嘴快说："我可不贞节。"那老先生把个挖米的勺子一丢，涨起了紫脸，沉声喝道："谁说你这样子？谁说你？我这就去打他。"

我在高雄洗头，付钱时才发觉皮包内的钱夹子放在旅馆中了，一时面色颇窘，说："我没有钱，对不起。"美容院里的人笑得东倒西歪，说："那你就走啦，明天再来付。难道怕你逃去美国做经济犯吗？"

我在香港转机回台湾，眼看转机柜台人潮汹涌而自己登机时间逼在眉梢，不免提高了嗓子向"中华航空公司"的林国材叫骂过去。那好人，满头大汗，正被一群群返乡老伯伯快要逼死。一见我，就哀叫起来："三毛，还不在外围帮忙安抚！这些茫茫然的大伯伯，没有订票，硬来吵闹。还不快帮忙！你看我一个人——"林国材看到我，如见亲爱的——你。

在杭州西湖上，我放歌长啸，唱了两小时，大雨仍是不肯停。艄公将我划到岸上，说："同志，上去吧，时间到了。"我对着如倾的雨水，不肯离船。船家又催一次。我离了船奔到一棵大树下去，车子一时喊不到。这时身边走来两对情侣，都打着伞，各人一把，一共四把伞。我呐喊：“喂——同胞骨肉，快来给人遮雨呀，做做好事。”这一下来了七把伞，大家涌在一起。我说：“这是我们在重新演出白娘娘和许仙的故事。”那些人，伞下来自七个省份的中国人，笑得那么旗帜鲜明。一个大陆女孩子被我一抱，两个人都把眼泪给迸了出来，又开始再笑，因我叫她——小青。

在杭州回台湾的飞机上，一位西方旅客问我：“刚才死命抱住你不放的，可是你的什么人？”我说：“都是我的朋友们，在中国的。”他说：“你的朋友可真多，他们一群人都在哭吔，好像很舍不得你。”我答不出来。心里很满。

以上这些小故事，都是人、人、人，造就出来的好风好水。这种事情，天天在生活中发生，如果全得讲出来，一千零一夜并不够，除非生命打下休止符。也幸亏靠着这些平凡的点点滴滴，让我产生了生存下去的信仰和坚持。

很感谢“讲义堂”，给了我一个新的空间，使得我的朋友以及我，能够借着书面和透过广播，扩大心灵上偶尔的相遇和相知，但并不期待任何目的。

在这个日渐快速的时代里，我张望街头，每每看见一张张冷漠麻木、没有表情的面容匆匆行过。我总是警惕自己，不要因为长时间生活在这般的大环境里，不知不觉也变成了那其中的一个。他们使我黯然到不太敢照影子。

生命的本质，人性的可悯，到如今总算参破一些。也因此，更加宝爱那份仍然可以在生活中得到的一点点纯真的爱悦。

也许，透过书信呼应的方式，加上声音，我们人和人之间，所竖立起来的高墙，能够成为透明的。或说，不必那么晶莹剔透，或而有些光线照亮一霎间幽暗的心灵，带来一丝欣慰，然后再不打扰，各自安静存活。

在过去十数年来，收到上万封陌生朋友的来信，拆来拆去，只见一个个善良但是十分寂寞的灵魂。包括我自己在内，孤寂好似成了一种传染病，久了，也会习惯。偶尔，有另一个人，给了我一些亲切的友爱，内心被激起的震动，方才又提醒了我："其实有谁耐得住寂寞呢，不过无可奈何而已。"当然，我的要求也并不那么多，多到不去承担自己。

我愿在这步入夕阳残生的阶段里，透过《讲义》，将自己再度化为一座小桥，跨越在浅浅的溪流上，但愿亲爱的你，接住我的真诚和拥抱。在这片天地里，我们确信，得到的是彼此的接纳和安全。而追根究底的大荒，诚实地说，除了自己之外，没有人能改变你我自造的心境。

《亲爱的三毛》这一个专栏，是属于大家的。其中并没有人担任"张老师"或者"生命线"。

我们不过等于进入时光隧道，再演一次宋神宗元丰五年，那——壬戌之秋，七月既望，苏子与客泛舟游于赤壁之下的——清风徐来，水波不兴。

在这每月一次的相聚里，谈天说地，共享人生悲欢，亦为浮生一乐。

这就是我的心，我的快悦了。

我最欣赏的一首歌

拿得起，放得下

曾经我是个快乐的结婚女人，有一儿一女及好丈夫，曾经我充满自信、热心助人，自傲为一个婚姻顾问，分析人性，谆谆教诲那些婚姻不幸的朋友。曾经我鄙视那些跌倒站不起来的女人。更曾经，我不喜欢你，荷西的死，我也认为是你的错，我不喜欢看你的书，我认为你用你的经历来赚钱。

但是，今天，换我跌倒了，在万万万万不知情下，我先生有两年之久的外遇，而且感情陷得很深、很深，我想挽回，但愚蠢的方式，只有使他愈离愈远，我开始变得跟那些我曾经鄙视的女人一样令人讨厌。

最近我买了一本《讲义》，书中有你，我开始用新的眼光看你，我开始用新的眼光看那些没有男人，仍活得如此有信心、有活力的女人，所以我想认识你，我想握握你那充满自信有力的手，曾经我不愿多看你一眼，今天我却好想好想，面对面仔细地看看你，好吗？

明　上　一九八九、八、十

亲爱的明：

我最欣赏你的就是，在你来信中表现出来的君子之风。你对于婚姻中出现的第三者，没有二话。对当事人之一——丈夫，也没有批评。你只在信中痛恨本身的不够坚强。

其实我一点也不讨厌目前的你，这种反应都相当自然而合理，因为我们并不是钢筋水泥做出来的硬体，我们是——人。我们是有血有肉有知觉的人。

我不敢拿你的故事来做文章，我只有把“自己打成比方”，跟你像一个朋友般地谈谈话。

在这几年来，我常常省视本身所走过来的路，发现一个有趣的统计，那就是——“使我一次又一次成长的动力，都是当年我所反抗、所不肯承担的逆缘和逆境。”

如果你了解过这种个性的人，如我，或说——我们。我们大半具备了一种潜能，这种能力，在挫折来攻击我们的时候，初看起来，我们跟一般人一色一样受苦，或说反应甚而更甚于某些人——我们受伤很重。

等到伤到某一个没有退路的定点，起码在我的性格里，我一定开始反击命运。

有的人说，命运是不可改的，这我也同意，可是在那不可更改之中，我鼓励自己改变我的心境。我不只是冥想派的，我认为行动也很重要。我会在思想、行为上，一步一个脚印地去改换我的精神体。我今日试一两步、明日再走三四步，等我后日大退了一步时，我就给自己放几天假，沉浸在又一次的沮丧里一段时日，然后我又重复以前的功课——只有一个目标——我的快乐，是作为一个人生存的权利之一，我要年年月月日日时时地追寻它，至死方休。

在一切的逆缘和挫折里，我们不只能够得到太多人生的体验，同时又一度考验了本身的韧性其实真强。那种东西，我叫它生命力。

不，我不再跟任何人谈忍耐，我不要那忍字心头一把刀。如果我不能改变客观的环境，那么起码主观的我，可——以——化——

亲爱的朋友，化，是一种魔术，它的秘诀也是——千变万化。这蜕化的过程，也只有自己知道付出过什么代价。

化了之后，某种使我们痛苦的人和事，都不再有本事伤到我们。那叫做——解。

在这几年来，被我所化所解的心境环境和我本身的性格太多太多，但我并不是全无执著。

只有真诚与热爱，是我永不放弃的品质。如果有一天，这两样也被我化掉，那我不活。

明，勇敢起来，告诉自己说，先生有了外遇，不是世界末日。也要对自己残忍一点，在这种时候，你或可容忍自己一两年的悲痛，或者种种千百样复杂的滋味。等到时间差不多了，就当给自己一鞭子——如果你还不能跟那向上的心去合作。

有一天你想挽回，你想放弃，都是勇气的表现。智、仁、勇三字，我都喜欢，但有智、有仁而无那实践的勇气，一切都是白谈。

在那下决心的一刹那，就等于剑客们不轻易出招一样的道理。不要失去理智和情感的平衡，在三思之后，你拿得起，你放得下，就如一出剑定下江山——义无反顾。

明，我当你是我的朋友，对你讲了我目前的做人对事。请你相信我在这看似无情的语言里，藏着一份干脆明了的深爱——对这些茫茫苦海中不知航向的人群。那也包括了我。

我不过是讲了一些内心话，无意请你受影响。亲爱的朋友，人生很短，我们拖不起太久。

有没有伴侣，固然重要，在不得已的情形下，请你也给我鼓励——一个人的日子，也可以活得有光有热有信心，最重要的是，我们也并不是——失爱的人。

爱，是一种能力，原动力，出在要先爱自己。如果冥想一时不能使我们顿悟，那么，如果我是你，我会去改一个发型、买两三件新衣服，然后，提起精神来，来个家庭大扫除，还不够，我会再放三盆欣欣向荣的盆景。这就是现实生活中的自救——行动。

在这种时候，让我紧紧握住你的手。坚强起来。亲爱的朋友。

三毛

半生的领悟

亲爱的朋友：

归纳了一下这个月的来信，大部分读友所希望交换与了解的，竟然是我目前对待生活的态度。

这真是一个令人深思的话题，也因此使我透过众多来信，又一次看见了朋友们早已建立起来的共识之网。我们很贴切地分享这一个方向的默契。它真是优——美。

近年来，我非常欣赏一首歌，这首歌，在我生命的追寻恰好走到人生的半途时，个中滋味的品尝，确实恰到好处。

我很喜欢朋友们和我一同共享这首歌，无论什么年龄和地区，想来都能有所感。

看破浮生过半 半之受用无边
半中岁月尽悠闲 半里乾坤宽展
半郭半乡半村舍 半山半水田园
半耕半读半经尘 半土半民姻眷
半雅半粗器具 半华半实庭轩
衾裳半素半轻鲜 肴馔半丰半俭

童仆半能半拙 妻儿半朴半贤
心情半佛半神仙 姓字半藏半显
一半还之天地 让将一半人间
半思后代与沧田 半想阎罗怎见
酒饮半酣正好 花开半时偏妍
半帆张扇免翻颠 马放半缰稳便
半少却饶滋味 半多反压纠缠
百年苦乐半相参 会占便宜只半

以上是李密庵所作的《半半歌》。

正好，使我用了半生的领悟——使我——一笑。

以这首歌的一半，送给：台中，方之。高雄，婷婷。成功大学建筑系，廖。台南小雅。不许刊出名字，自称——可怜朋友，以及一位去了台北市东区就会消沉的无名氏。当然，我们不会忘记在远方服役的吉米、大寮乡的娟、台北县兆华、海边淑玉、写了十一张信纸来的小小。也记得阿马。加上爱人群的亚亚。还有香港张彼德和他的朋友。加上中国大陆竹青先生、广州亲爱的凯旋。澳洲达昌。婆罗洲莉英。花莲威中。英国云凤。马来西亚国良。比利时亲爱的彦。

三毛

爱，是人类唯一的救赎

永远难忘的马戏团

总是在想念、想念，特别在这几天里，非常渴望能够找到你。

附上我父亲逝世的剪报和讣闻。

我永远不能忘怀，当我们一同在台湾旅行的时候，看见了一长串快乐光辉的花车行过街头，我说："看，一个马戏团！"

你说："不，Irene，那是一场葬礼。看那花车上悬挂的照片，大概超过九十岁。"三毛你又说："嗳，可以庆祝他的胜利了。"

虽然如此，永别父亲的时候，还是艰难。

我又想起在机场分别时你对我说的话，你说："当我们再见面的时候，可能已经不再是现今的我们了。"

那句话，是真的。我已不再是从前的我了。

爱你的 Irene　美国

亲爱的老师：

我将你的信译成了中文，打了长途电话，得到你的首肯，这才公开了你我的信件。

就因为前数月，我们一同在台中附近旅行，碰上了一场典型的“地方式葬礼”，使得我们的话题转入了——人的消失。

我记得曾经对你说：“在我们中国，八十岁以上的人远走时，讣闻可以用粉红色。九十岁之后，甚而叫做喜丧——鲜红都行。”

你问：“这是为了什么？”

我说：“在古老的中国，红色代表了一切的好事，是用在庆典中的色彩。”

“死难道是好事吗？”你又问。

我说：“Irene，你也明白，圣经上说：凡事互相效力。意思就等于中国人所谓阴阳互调的道理。观察死亡的广角不只四十五度——”又说，“一个人，活到九十岁以上，才向世界告别，简直可以说是一场生命战争的胜利，不能算做喜事吗？”

你笑指着“那队马戏团”，听着音乐在大气中愉快地散发，问：“那你的胜利也定在九十吗？”

我大笑起来，一拍车子的驾驶盘，说：“我吗？人生五十，唯缺一死。等着，快了。”

你突然流下了眼泪，说：“真的，你够本了。”

当时，我顺手抽了一张化妆纸丢给你，不再说一句话，继续专注地开车。

今天，亲爱的老师，你九十四岁的父亲走了，我注意到你特别用了一支大红色的水笔给我写下一场你与父亲的别离。

你懂了，老师。

这并不表示你不难过。

不过，还有一点，我忘了跟你说。Irene，亲爱的老师，在这世界上，没有人能单独地消失，除非记得他的人，全都一同死去，不然，那人不会就这么不存在了。

在我们有生之年，即使失去了心爱的人，如果我们一日不死，那人就在我们的记忆中永远共存；直到我们又走了，又会有其他爱我们的人，把我们保持在怀念中。

这么一种“不息的循环”，的确运行在我们生活和思想里，它不只是安慰你的话而已。

我始终认定，爱，是人类唯一的救赎，它的力量，超越死亡。

老师，是考验你坚强的时刻了。要不要扑到你学生的怀里来？我很乐意。实在太孤单，就飞来台湾好吗？

三毛

性格造命

很可笑的一件事，但希望你把这封信看完，好吗？

她就要嫁人了，我很深、很深、很深爱的人就要成为别人的妻了，她曾经要嫁我，那时我太年轻又没任何本钱，在我仍年轻仍无本钱而又在当兵时，她说她要嫁给一个小老板了，她曾经令父母气得病倒，现在她觉得唯一能补偿的，就是嫁给一个她父母都喜欢的“优秀人选”，而我，我是一个她们一家人都反对的人，于是活该我要受这撕心的苦。五个月，将近五个月没见到她了，她家人不让她接电话，不给她收信，为的就是怕她又见到我，又改变主意，又不肯嫁人了，但费了千辛万苦，我终于在前几天又寻着她了，她哭着说依然爱我，但无法再和我在一起了。我呆在一旁……情何以堪。我是一个学广告设计的，还没当兵时，我的薪水最多只够送她一套衣服或一件不太贵的金饰，但那是我无限的心意和深重的情意，如今却让一个有钱的小老板给轻易地否定掉了，我费了多大的力气使自己平静地告诉她："只要你幸福就好，我只希望这样。"然后再微笑着送她上车。上帝知道我的手在发抖，抖得像心跳伤痛的速度，原来连最爱的也无法自己握住，一切不是光"爱"就可改变……最令人心碎的是她那依然深情的眼神。

并不指望你会对这无聊的事情有任何表示，我只是很需要一个人来听我说完它，亲爱的三毛，我真的只是觉得可以告诉你，而明天，明天我的伤口说不定会因倾诉而缩小。谢谢你看完它。

Ching　一九八九、八、二十四

Ching：

你的来信一点也不无聊。正好使我再度证明了一句话：

"命运的悲剧，不如说是性格的悲剧。"

女孩子的性格——造成这场变局。

你的性格——造成这种局面。

至于父母、家庭，当然另有他们具备的"家族性格"。

一个人，容忍自己用出"撕心的苦"这四个字来，还在写信给"亲爱的三毛"，在三毛这方面，深受震动之余，还牵动了另外一点义气。对不起。

Ching，她还没结婚，她只是快要结婚。懂不懂“萧何月下追韩信”的故事？黑夜中奔驰呀，去补救一场眼看就要错失的机缘。用你的想象力去想那当时的情景。多么壮烈而积极呀。萧何太有眼力和决断力。

我是一再强调三思后行的一种性格。

都把心给痛成撕裂了，还不行动吗？

那就是——你的命运了。

请速读三次：《史记》，卷九十二——《淮阴侯列传》。你我就不会气短。再加入，你个人的专长——广告设计，推销自己。把这些常识，迁移到你处理爱情的方式上来——随机应变。

这是一种说法，对一个朋友。

另一种看法，是更偏向东方人生哲理派——塞翁失马，哦——等等看，将来你另有什么收获。

天下事，没有绝对的正负，有所得必有所失。有所失，才能空出地方来，再加一些什么进去。嗳，都是好的。

三毛

滚滚红尘舞天涯

舞在自己的漩涡里

亲爱的朋友：

自从《亲爱的三毛》加入《讲义》之后，得到了热烈的回响与呼应。这些来信，在效率与行政观念的前提下，一封一封分别回答，已经无济于事了。

于是我省视、分析、归类、综合这些百分之五十五以上朋友内心的呼唤，得到了一个明确的方向：

世间儿女，在这苦海中浮沉，竟也有那么多的灵魂——强烈渴望的，并不只是完全为了面包。有些人类，除了能够吃饭之外，并不能就这样对生命不再提出其他的要求。哦，我们太棒了。

于是一封又一封的来信，如同漫天飘落的柳絮，在春天的情怀里，想把我们的心，慢慢慢慢——落实在什么未知的追寻里。

于是在这些来信中，我看见了、听见了，一颗颗在情天孽海里，无以自拔的心的叹息：哦，三毛，我的要求那么卑微，我不过想把我的心掏出来，交给一个普普通通的男人或女人；哦，我那么的悲伤而迷茫，我什么都不能专心去做——只因我成了情感的奴隶。

好朋友，未曾谋面的朋友，你不必因此而产生挫折感，因为你们的朋友三毛，也是一色一样的人。哦，让我们来轻轻地、悄悄地欢呼，原来我们并不孤单。

情感，难道真在生命中占据了如此巨大的力量吗？是的，因为我们为情所苦的人，对自己内心的欠缺，实在太真诚，而且现实。不，这不是外界炒股票、房地产、六合彩的现实。我们将金银财宝都视为浮云，我们把自身爱的投诉，现实到成了我们的股票。哭哭笑笑。

嗳，既然如此，既然我们想、我们沉醉、我们爱，那么这件事情，必然有着它的价值和迷人之处。

不，这并不是太危险的事，天下任何痴迷的背后，都有我们的心甘情愿。它，不可能一无所取——我们也不是白痴。

如果你，或说我们，或说百分之六十的来信——亘古以来的"爱情动物"——而且不太永恒的——在一次又一次的"事件"里被三振出局的同时——笑一笑、痛哭三次、想自杀……你不会的，因为你哪里就此甘心地——下一步，再度为了情，又掉了下去。恭喜你，你已经不再是初恋的你了。

于是在一次一次的教训中，你意识到了——沧桑。于是你不知不觉地成熟了，看清、渐悟了情字，是帮助我们脱离苦海，最伟大的老师——加上你的合作与历练。

不过，你还是要小心翼翼地反省，当当心心地利用往事——创造你的未来。你不再失足，但是爱的火花升华为一种伟大的情操：你为了爱的能力而去付出，你的回收只是使命的升华，而不是那小鼻子小眼睛，再加一条短短的绳子——想绑住一个在你床柱子边五公尺的囚犯。

做一个囚犯固然痛苦，那看管囚犯的牢头，其实不是更苦吗？

让我们在这情天恨海中，舞一场漂亮的探戈吧。舞呀，舞呀，曲终人散的时候，你如果舞得出神入化，你会发觉，怀里的人自由了。你也自由了，释放了，你将是一个“跟自己和平了的人”。

滚滚红尘舞天涯。

等你看见了山、河、大地这些高空大景的时候，你再写信来——两个字——给我，说——成了。

三毛

广告游戏

既然你近年来已不再轻易动笔，却加入了《讲义》，这必然因为你对这份杂志有着那么一份敬爱。

我是一个生意人，很明白，一本没有广告的杂志，在成本上只依靠订户和零售，是太艰难了，更何况《讲义》的纸质编排都使我满意。

可是近来已有三封读者投书，说广告太多，提出意见。我个人方面没有问题，倒是想听听你对此事的看法。

我当你是个朋友，不要因为答不出来而产生压力。谢谢。

林正贤

正贤：

以前我曾经说过，个人每月阅读杂志二十五份以上。那是保守的估计。如果将我在书店中翻阅的杂志加上去，五十本不算夸大。

一本尚可翻阅的杂志，往往因它们做了一些粗陋不负责任的“低级广告”，使我产生反感和成见，就不会买下。

我们看一本杂志中的广告内容，绝对可以分辨出，这属于社会上哪一种思想行为的人在认同它。

我总认为，一个成功的企业机构，是一群对于当前社会形态最能“洞明练达”的类别之一。不然他们不可能成功。

当一种产品在这个社会中被认识、接纳、被喜爱、被人心甘情愿地为它建立口碑、成为它的忠实主顾——之前，诚实的广告，是一种必需。

于是，这就涉及到一项专业：“推广的艺术”。

我个人极爱形形色色的广告。原因很多。

初看任何一幅广告——倒不一定是平面的，广告使我本身知觉到那流转变动时代的个人参与感，我可以由此知晓社会的走向。我当然不会全都去买下人云亦云的产品，但看过之后，我的常识又丰富了一些，而不会使我产生在这时代巨轮中落队的挫折心情和事实。

我看一幅广告，先看它整体的艺术效果，绝不拆开来马虎看看。再看同样的广告，那就局部分析。看看图片、色彩、文字说明、空间安排、尺寸大小、品牌性质，以及这幅广告投诉的对象大概以什么族类为重点。

如果一幅广告使我的视线盯住它十秒钟，还抓不到主题，它就被我放弃了。又如果一幅广告使我欣赏一小时以上，一个星期以上，而我在一个月内还不能忘怀那份真诚的美，我就要按着指标去拜访那份产品了。我去求证。

这就等于一场“心理呼应艺术”的成全。

在广告中，我们可以想见，那群智商极高的广告人，如何用尽心思，以品质保证为他们的信用，而经营出来的“埋伏与引诱”。我叫它广告心理学。

我认为，在心不心理的学问中，最重要的仍是广告良知。厂商分析我们消费者的一切，我们反过来也欣赏他们群体合作推销，同时更享有孤军受击的趣味以及明察秋毫的自我取舍。

这么一来，由这个角度去看任何广告，等于完成了一种免费的游戏。很喜欢。

正贤，常识是一个庞大的迷宫，它不只使我们只针对文章这单一项目，找到出路。还有太多迷藏，躲在四面八方。

广告太重要了，我将它当成丰富生活的一环，是一种不可或缺的常识加上与时代同步的成就感。

三毛

迎接另一个新天地

导向自由的律令

虽然目前的我对生命茫然无知，对生活怀疑、困惑，也正由此，更需去开启一道属于自己的门。

我的目标是自由，希望能做到“脱去束缚我生命中一切不需要的东西”，但是这对现在的我，简直太遥远了。

有些怨恨语言，却又爱它，一切感觉诉诸语言、文字后，都变了样，总不是原来的面貌，为什么人一定要靠语言来沟通？

此信只有一个目的，感谢老师，谢谢。　祝你
平安

学生平戈　上　一九八九、八、三十一

平戈：

“脱去我们生命中一切不需要的束缚”是三年前我说过的一句话。如果你注意到“需”和“须”这两个字中间不同的定义，那

么这句话的方向就更明确起来了。

在人类多元化的生活诉求中，什么是必需，已不再是争议的话题。它没有标准，尤其在今日“人人学习尊重他人”的走向中，已不是个大问题。

前几天，一位跟我认识了二十二年的老朋友，相约晚餐，在这不相见的半生里，我们各奔前程，没有刻意见过面。

跟这位朋友的谈话，一拉拉回到我们的青年时代。我说：“想当年我们也是雄姿英发地在做梦，怎么就少了今日这份从容和自由的体会呢？”

他很平淡地说：“当年我们都在池子里呀。”

就因为这一个简单的比喻，我将我的生长过程，做了一份来龙去脉的整理。

我是这样以人为本位开始分析的，不将大自然放进这一个类似的定律中去。

好，我们是人。人在出生以来，尤其是幼年少年时期，很难脱离一般的“成长依靠”而独立存活。在这极受限制的过渡时期中，我们被局限在一种“游戏规则”中。不能轻言犯规。

于是当我们在不可以犯规的情况下，没有太大的可能，不乖乖地去那个水池中，去做池中的鱼。

好，我们要当心，不要变成一条引人注目的大鱼，不然，一旦被池子的主人所注意，赋予我们永远在水中的大工作，我们就一辈子跳不出去了。

在那不出水池的守望期中，我们不疾不徐，我们利用这“守”字，培养自己的潜能。十年二十年，不算太长。

有一天，时机成熟了，我们突然发现，那一池浅水已然不再存在，我们如此自然地破空飞跃出去，看见了广大的天空。在这个变局中，人生的另一步，出来了。那是“守”之后的“破”。

“我明明飞出了水池，我犯了规，可是身边的人不说话、不批评。”

因为我们已然破局。全新的生活模式、价值观念，也就得到了建立的空间。

在这破空而去的步骤中，我们必须掌握一个简单的条件——经济独立、精神独立。甚而心有余力。

“当我们不再是任何人的拖累时，人们就对我们放心、肯定、漠视。这时候，自由的能力，在一碗阳春面或者满汉全席中的出神入化，已没有了区别。”

好。我们由守而破而化，这三个连贯的过程中，必然已经有所改变。

在这自然的转变中，我们走上了另一个境界——“我不再参与一般的游戏规则，我无所谓。”

我们慢慢在不伤害任何人的自信中，懂得了“拒绝的艺术”，而他人无伤。当我们也受到他人拒绝时，我们又培养了一个沟通的检讨和反省，以及学习绝对的客观。

很平衡地，我们在化过之后，又有了另一番了悟。原来我已创造出属于自己的游戏规则。

在这份知觉中，我们看清楚了一份生活的品质。我们升华了。

“人为物累、心为形役”的无可奈何已成过去，那处身囹圄中的我们，被自己释放出来。我们内心的宇宙，如此饱满丰富，而对于外在的情、爱、名、利，也并不看轻，但是已不再是它们的囚犯了。

在这个饱满的品质秩序中，我警惕自己：不要太满、不要执著，不然又不自由了。

好。我将自己的生活，不必特别看守太牢稳，我因此可以空出一些地方来透透气，给自己更大的空间。等于是我舍弃，为了迎接另一个新天新地。但不刻意。

这希望是接近了参破。这时间我意识到，我已没有了“游戏规则”。门无边为之法门。不设规则，又怎么谈犯规呢？

在我目前的生活中，我滑出了自由而不规则的舞步，包括那“导向自由的律令”都不再是一个僵硬的目标——我无求。

可是一般性的工作，就去做呀。不必逃避它们嘛。安安稳稳地负责，并不累人。

朋友，这不过是交换心得而已。说不定，“我的阳关道，正是你的独木桥”，“你的巧克力不巧恰是我的砒霜”。自由和束缚的解释，人人都有说词。

“量材适性”这句话，我们都了然的。对吗？

三毛

逆境来临时……

我很兴奋也很激动你在《讲义》辟个专栏。在《闹学记》的前面你父母为你所作的序中有了初步认识，你是那样健谈、大方，具有亲和力，到过很多国家，认识很多国度不同的朋友。因此讲义三毛专栏所回答的问题，一定更为实在丰富，在此为你打气加油。

不知你对推销员了解多少？这个暑假我在一家录音带公司推销整盒的音乐产品，这对于本来喜欢音乐的我，无非是一项好事。但由于工作上所遇到的挫折，加上本身个性所造成工作的“心态”不良，因此常在团队中拖累大家，自己认为已经尽力了，但业绩总是不良，或许我还有潜力，但我实在不知如何发挥，这可能是自己的心态所造成。一位推销员心态的影响非常大，它往往决定推销员的气势，有了气势，才会对产品有信心，面对挫折所受的伤害也愈小。在此想请问三毛大姐，一个人的个性是如何形成的？如何能培养好的而去除坏的？（这里的个性并不是习性）当你处于逆境时如何化险为夷呢？两个很笼统的问题，希望能透过三毛的丰富人生有确切的回答。先谢谢你。　祝

教安

李之未　上　一九八九、八、二十八

之未：

在我尽心投入一件工作前，我不会贸然。

以我的个性来说，如果自认在一件事情上尽心尽意，而没有成绩，我会放弃。

我赶快去试试其他潜能。然后将它发挥出来。

一个人的个性和生理基础，有着不能分割的关系。我的个性由基本上看来，一生掌握住了大方位，并没有绝对的改变。

可是我的“习性”，常常在“检讨自我、分析自我”中，改了太多。

处逆境时，以目前的阶段来说，我一定安安静静地解剖造成

逆境的原因，再把原因和自己本身“对位”。我会发觉，逆境大半是自己无意中造成的，错不在他人。好，我修改自己。

在我们的一生里，什么关卡要冷静停止、什么时机当放手一搏，都可以清楚的，如果我们肯去“客观地观察、思索、行动”。

当然，“停止”，也是一种行动的解释。

个性的修改，也不这么难，你我如果能够把自己做到“置之死地而后生”的境界，再加上实践的同步，是很有可为的。

在我的逆境来临时，是我生命力量最具战备状况的大好时机。哦，又可以去打仗了，真好。

三毛

生活比梦更浪漫

人生大梦

我是位十六岁的女孩，不过，我可以自大地说我的心智很早熟，很多年轻朋友爱做的事，我都很少接触。国中毕业后，原本满怀雄心大志的我，却因落榜休学一年；这一年我没去工作，却活得生不如死。其实说来话长，倒不如谈谈你吧。

每隔一段时间看你的作品，就会有不同的感受，有时甚至激动地流泪，为什么你的文字看起来淡泊却含有那样丰富的感情？是洒脱？还是……

我觉得你不像那些拼命往上爬的人，等爬高了，爬累了，才回过头吐出一肚子感言，你根本就像活在小说里一样。说真的，往往那些特别爱沉迷于梦幻之间的人，才最懂得现实。

我在想，你似乎对自己还保留了很多，而那些如果不是你懒得写，便是文字无法形容。其实也不一定要把自己掏得干干净净给人看，一个人怎么活，那是他的渴望，别人是无权品长论短的，不是吗？

我自认不是个好教徒，但我确实百分之百相信上帝的存在。

这并不可笑，告诉你吧，这是我从艺术中悟出的道理。我已经决心把未来的人生奉献给艺术了，对我来说，那是仅存最永恒最真实的东西。我的心早已死了，是这世界的不完美害死的；既然心死了，何必活着？这就是重点了，因为上帝不许我死，如今死了的心除了做心还没死的人不爱做的事外，还有什么呢？

我的野心原先很大，但一死便什么都不想要，人生百态嘛，我也看烦了。返璞归真，活得纯真才是我想要的。该说我是个无奈及逃避的人吗？我好想找个地方隐居，我不想结婚，却希望有个英俊并和我有同样梦想的男孩在一起，不为生活、孩子之类的实际问题烦恼，但我知道这样的人太少了。我有一个荒谬的理想，想征求你的意见，如何？

我打算好好学欧洲各国的语言，然后到欧洲、美洲去旅行，我没有钱，但我不想当有钱人，我只想一边旅行一边赚旅费，偶尔在孤独时奏奏音乐作作画，徜徉在大自然里。我是个无政府主义者，因我早已看透了那人为的假相及束缚。我只要能不饿死、冻死就满足了，睡哪儿都无所谓。而且我希望在三十五岁以前死去，因为我要的日子是不为后半生做打算的，我无法承受中老年后无家可归无事可做的状态，并且我可能不回台湾。

说到这儿，有个实际的问题想请教你：除了结婚及留学之外，怎样才能一直待在国外，不用几个月或一年就飞回台湾，因为我可能会从一国到另一国旅行，不能说回台湾就回来，而那样的签证要如何办理？比如说我在法国待三个月，又到西班牙旅行半年，我既不可能办观光签证，又不能在那儿念书，那外国如何会让你居留呢？

我的问题很可笑吧，或许这也是一个梦，但我会尽力去实现。

写到这儿，不增加你的负担了，希望你能跟我通信，好吗？

愿神祝福你

育如

育如：

你的青年人的大梦，实在太可爱。不过，一个没有长夜痛哭过的人，不配讲悲伤。一个每遇挫折都要痛哭的人，还是不必三十而立了。当然，我们的承泪力是不相同的，你可以有理由哭。

一个十六岁的女孩子，说："我的心早死了。"又说："都是这世界的不完美害死的。"果然是一个十六岁的人讲出来的句子。恭喜你，你仍会有好多其他的名言，在三十一岁时，必然讲得出来。不要生气，等你十七年以后，再生我的气不迟。

你说，人生百态，看烦了。

我说，我比你大了一倍多，怎么"尽在书生倦眼中"的我，还只是倦眼看着而舍不得阖上呢？

育如，你有好多人生大梦，怎么不挑一两样走进梦中，去品尝那好梦成真的滋味？亲爱的朋友，在你信中，我看不见你的早熟里，明白"现实生活、柴米油盐"中最厚实的意义。这没有错，真的。你懂得的倒太早了。

你的理想都很轻，正因为你年轻。这很好。

育如，我没有看不起你，我只是略带微笑地在想象，那三十五岁以后的你。

我们都是这么长大的。育如，你的潜力非凡，因为你肯思想。这是最可贵的人生至宝。

三十五岁以后，正是人生巅峰时期的出现，怎么能放弃呢？至于说老，那等于是我们一生“收获大季”的来临，太好了。它没有你想象中那么难堪。

至于说你想周游列国，不要家庭、不要固定的职业，不要在一个地方居留太久，不要有小孩……不要这个、不要那个，都是目前心态下、有其原因的“不要”。我猜你，被那升学的压力给镇住了吧？聪明如你，不可以如此小儿科的。

育如，人不能没有梦。年轻人特别有权利做梦。可是许多人都不能算年轻了，仍然把梦想和理想分不清楚。

梦想，可以天花乱坠，而我们怀抱这种心态，无情苍天都被我们的想象力弄成下了花雨，而我一朵都不拾，也不感到悲伤。

理想，是我们一步一个脚印踩出来的坎坷道路，我们要得着这条“道路、真理和生命”，就得一日一日慢慢地去走——踏踏实实地去走。在里面付出汗水和眼泪，方能换得一个有血有肉的生活。

生活比梦更来得浪漫。如果我们懂得做一个凡夫俗子，那刻骨的滋味也就为我们大张筵席。在你的年龄看来，或说我的十六岁，哦，不过家常小菜嘛，其实滋味不凡。

至于说旅行，那就去呀。不要来问我怎么办、怎么办，亲爱的育如，我走了五十九个国家，都没有问人吔。你自己去做自己的闯将，可以的。只要你心不死，做什么都有希望。当然，不向父母要钱。

三毛

路，是自己走出来的

亲爱的青年朋友：

有关出国留学、游学、旅行、观光的来信已经积存好多封了，看见青年朋友满怀梦想的来信，心中总也很受震动。

虽然来信的内容形形色色，归纳起来，结论却只有一个，就是问号、问号又是问号。嗳，真好。

在这儿，我想讲一个故事，作为这一切有关出国问题的总答。有一年我在巴黎，向一位能讲英语的法国人问路："请问，由这儿走路到蒙马特区要多久？"那个法国人说："那你就走呀。"我又问："请问，由这儿走到圣心大教堂要多久？"那人又说："那你走呀。"我再三地问他，得到的回答都一样令人费解。于是我叹了口气，看他一眼，转身大步走了。没等我走完五步，我听见有声音在喊："喂，回来回来。"我呆住了，盯住那人看。这时那个法国人说了："好啊，以你这种走路的速度，从这儿到蒙马特，需要一小时三十分左右。"

为了证实这位指路人的话，我那天的步子，就保持着大步走的速度，结果，费了两小时又二十分。主要原因出在，我花了五六次的停顿，用来看地图，每次十分钟。

亲爱的青年朋友，我们的能力不相同，在国外遇见的困难也不会相同。我们的性格不同，处理事情的方式也不会相同。我们的目的地不相同，怀抱不相同，对于经历的创造、取舍也都不可能相同。因此实践的过程中，我的任何建议不见得对你有益处。

人在外邦走路，"胆大心细"是必备的条件。将那逆旅当做顺境，将那五分苦比做七分乐，将那七分苦比做十分苦的减法，还赚了三分不苦。就算初到国外,什么都不能适应,我的秘诀就是拿“死”字来当后门，大不了还有一死，怕什么。这么一来，不但死不了，反而活得不亦乐乎。

生命的乐趣是靠自己去创造的，小小挫折正是柳暗花明的最好解释，实在不必担心自己承受不了。

我的看法是：近年来我认识的那群出国的青年朋友，最大的损失就是钱带得太充足，反而失去了许多化腐朽为神奇的金钱运作经验。可惜。

三毛

我字典中最重要的两个字

春　蚕

刚把《多情应笑我》阖上，不肯死去的心承载着疲惫与情爱，又是一则千万人中似曾听说的故事：女孩被强暴了，男孩不计前嫌地爱她，她回复同等的爱及等待；等了五年，等到他父母首肯，他却在结婚前将积蓄赌光，理由是为了让她过更好的日子。他请她再等两年……她三十了。她美丽善良，可惜命运多乖；他忠厚诚恳，可惜意志力不坚。

故事没有结局，岁月却不停地流转。

它不美丽，却很真实。

眼泪凉凉地淌在枕头上。夜，却无论如何也不肯走远。

平凡女子　七十八、十一、九

亲爱的平凡女子：

你知道吗？在我的字典里，有两个很重要的字，一生不可或缺，就是——担当。

当一个人，承诺了一件事的时候，如果对方没有改变心意，那么这一方，也就不改。

就因为这种观念，我不轻诺。绝不。

世界上善良的人很多，自制力强的人也很多。相对地，意志力薄弱的人，也同样满街都是。

对于某些守不住自己欲望的人，在金钱的爱欲上，赌博很可能成为一种致命的吸引力。

这种以为自己一定赢钱的心态，实在乐观得接近幼稚。再说就算手气好，赢得了全部，却等于将自己的快乐建筑在他人的痛苦上。这种方式，无论如何，是不可取的。

自己犯下的错误——误了婚事，叫对方再等两年，就是嫁祸于人。没有担当。

诚然，爱，是无怨无悔的，上面讲的只是理念，不是爱。如果你爱他，你还是会等的。

至于一个女孩子被强暴，并不造成她人格上的污点，她的身体，也仍是干净的。这种观念很普通，请你不要以为这件事情将成为本身条件上的欠缺。

至于说，爱你的男朋友，不必把这件事情以——我包涵你的曾被强暴来证明我对你的爱。女孩子也不应该从这个角度去感激对方。

春蚕到死丝方尽，就是你这种人。

三毛

你得把它当情人

我知道您会蛮多种的语文，却不知您的学习过程是怎样？我今年已高三毕业，读的是基督教学校，六年来的英文基础并没有打好，只因痛恨英文老师。其实现在想想，那是一种曾经的幼稚，也是现在的损失。

目前我在出国升大学的补习班补托福，准备两年内出国，但难过的是我不晓得如何使英文进步，也难以适应没有基础下的填鸭式补习，然而这都是必需的。所以我想知道您的学习过程，或许您的精神或方法可作为我的参考，能否说得详尽些。

亲爱的三毛阿姨，请您好好照顾自己，也希望您快乐。　祝

您

在心中

朱慧绮敬上　一九八九、十一、二十一

亲爱的慧绮：

语文是人类之间沟通的第一要素。如果你要念好语文，在心态上一定要以——爱人类，为基本出发点。

我从不将语文当成平面的东西，我将它们看做生活的一部分，它是活的。我的外语不好，不过，跟人沟通没有问题。

在能够开口之前，我当然还是依靠老师、书本和录音带，一

天大概付出十六小时，如此短短一年，就去利用环境将自己的语文更加生活化、立体化了。

在中国，我们学习语文，往往十二分注重强记和苦读，却比较忽略彼此的交谈，这是十分可惜的一件事。书本是一种方式，交谈是另一种更加富于人情味的活泼学习，两者混合起来使用，那份事半功倍的成绩，是明显的。

当然，在任何一场谈话里，我们除了字汇的使用之外，本身的内涵也是极重要的。这倒不是只有外文，在中文交谈里，也是一样。

我并不认为填鸭式的补习方法是必需的，那只有使人视语文为苦刑。久而久之，不能使人心动的东西，当然会被放弃。它太僵化了。

我们进入任何一种兴趣的原动力，绝不可能是为了应付考试。我坚持，人的一切出发点都是——热情。

革命的热情、恋爱的热情、追逐金钱的热情以及学习的热情，在基本上必须存在、燃烧，才能够产生推动的意愿和力量。

对待语文，我们非得把它当成一位热爱的情人，怀抱喜欢亲近它的热忱去对待它，不然什么方法都没有力量。对待情人，只会默写文法是不够的，“你得开口”，以种种的句子，告诉对方，你在爱着他。

三毛

一位新疆女子的来信

三毛的嗜好

我估计我是第一个和您认识的中国最少的少数民族——新疆的朋友了。

我想认识您的理由有以下几点：

第一，我非常喜欢您写书的文笔。第二，您在书上曾提到有段时间您在学习绘画。第三，好几个同学都说我平常的所作所为很像您（我不知是否真的那样）。因为我在这里经常不符合大众要求，很出格的，详情我以后会再细讲（当然那得有机会能认识才行）。总之，我硬着头皮把这封信发出去。

新疆是一个非常独特的地方，和您去过的地方都不同。如果您能对新疆的风土人情感兴趣，能有机会来新疆游玩，我会非常高兴见到您的。在这里人们都讲各种民族语言，我可以给您当翻译，我会讲哈萨克语、维吾尔语、克尔克孜语、达干尔语，加上汉语，所以由我来给您当向导不成问题的。真挚地希望您愿意认识我，并且能来此游玩、观光。

对了，忘了最重要的一句话：“我非常敬佩您！”我也不知道该怎样称呼您才对，祝您快乐。

中国新疆人　芙列娜　一九八九、五、九

列娜，你好：

你是我知道的第四个新疆女孩子。

至少我们性格中异同的地方，只要是人类，多多少少都是会有的。书中的三毛，并不是我的全部。

我的嗜好是看书和旅行，你呢？

谢谢你的邀请，恰好我刚从新疆回台湾。新疆的确非常独特，同胞们对外地去的旅者也十分友爱。

让我也祝你快乐。

三毛

樱花恋曲

您好。我只是个平凡的女孩，但却没想到竟会在自己身上发生一份不平凡的恋情——异国之恋……一个中国女孩和一个日本男孩，连自己都觉得不可思议，虽然他在日本，我在台湾；虽然我们一年只能见一次面，虽然我们只靠鱼雁往来，或是越洋电话……但我仍心甘情愿地爱他、念他，眼里再也放不进其他男孩……多少次我告诉自己："没用，如此执著下去一点用也没有……"可是，可是怎么办呢？放不下就是放不下……

亲爱的三毛，您曾经也有过这般的体验，请告诉我，如此的执著是否值得；如果我们想厮守一生，可能吗？请原谅如此愚昧的问题……但是我真的需要您告诉我该怎么办？　祝

好

玲儿敬上　一九八九、九、十二

玲儿：

让我在这里跟你讲一个故事。

有一年，我的一位异国朋友第五次来台湾看望我。我们一同去了台北市万华区的龙山寺。

在拥挤的人群里，我将背包往朋友肩上一挂，说："看好袋子，我这去跟神讲讲话。"

求得了一支签，我和朋友一同去领签文。我说："答案出来时试试看押韵翻译给你听。"

朋友见我一排一排数字找过去，就说："问了神明什么事情呀？"我说："婚姻嘛。"接着用小长签棒子轻轻敲了一下他的额头。

朋友听见问的是这回事，笑得伤感。他说："也不必去找答案了。你这姻缘一时未到。"

我问他："你怎么说？"

他说："婚姻是人生大事之一，如果当事人自己心里都不明白，难道神明比当事人更应该了然？"又说："反之，如果你对这件决

心已经一清二楚，还会再来求神拜佛吗？”

我说：“兄弟料事如神，果然如此。好，我们去吃木瓜牛奶吧。”

玲儿，对于你的来信，等于没有回答，实在对不起。一笑啰。

三毛

简单人物

我是您年前到过的苏州的一所大学（前身是东吴大学）中文系四年级的学生。

您在大陆印刷的书，我基本上都看过了，也算是一个“三毛迷”。阅读下来总的感觉是您不太像东方女性，大约是受西方文化熏染的缘故，引用傅雷先生（大陆一位杰出翻译家甚至教育家）的话说，“如果东方的超脱、明哲、智慧与西方文学的热烈活泼、大无畏精神融合在一起，人类可能看到另一种新文化的出现”，虽然他说的是文学，但用来概括您个人的文化品位亦应如此吧。

我正在写毕业论文，题目是《论三毛》。

估计您收到这封信的时候已是我们民族的春节了。台湾的习俗大概是大年三十晚上全家围坐在火炉边“辞年”了吧。好像还有“初一早、初二娇”的民谚。

希望您能给我的论文写作做些指导。

平时不写繁体字，大概写错了不少，好在您也常写错别字，想必您会原谅我的。　祝您

健康快乐

苏州　刘伟　一九九〇、一、八

刘伟：

三毛是一个十分简单的人，她的作品更是简单。这种题材不合适拿去做论文的，因为难度反而高。你以为呢?

江西省少年儿童出版社，出过一本集子——有关三毛作品介绍分析，你或可去翻翻看。那本书，是以少年人为对象的。写得非常中肯。

我没办法对你的论文做指导。想来你是明白这句诗的：“不识庐山真面目，只缘身在此山中。”

简体字我也可看。不拘繁简。

谢谢你的友情。

三毛

不许向恶人妥协

自然的箫声

我今年二十五岁，在屏东乡下有份固定的工作，这里空气新鲜、人民淳朴、生活悠闲。每天早上，可以打一小时篮球，在回家途中吃一份不超过十五元的早餐，回家冷水淋浴一番后，走十分钟的路上班，与工作伙伴相处愉快，工作也顺利，晚上回到家，太阳仍未下山，有一整个晚上的时间听音乐、看书、学外语，有艺文活动时，也都会参与。偶尔星期假日知心好友一两人相约去郊游健行。

这样的日子真好是不是？

但是周遭亲友包括我的父母在内，认为我个性太保守，只想待在乡下地方，不肯去大都市发展，在他们眼中，我好似没有用的男人。

我从不认为平静的日子不好，自认有个干净而安详的心灵，书和音乐成了我最好的朋友，物质外在的享受我一点也不爱，但这个社会根本无法容许二十五岁的男人有如此“出世”的想法，可是我已走上这条“不归路”，将来我还会继续走下去。三毛，能

告诉我您的看法吗？　祝
好

仁心敬上　一九九〇、五、三

仁心：

你的表达能力真强，短短一日的平常作息，被你描述成为一章田园诗篇。

你的书信充满着对生命的欣然与满足，这是因为它的发源地来自你灵魂深处那欢悦的一角。真的，这种日子实在是太好了。

收到这样优美的来信，心里好似被一阵微凉的晚风吹过。我亲爱的朋友，谢谢你送给我们这幅安详生活的图画。

至于说，别人如何看你，那与我无关。

而我又对你有什么想法呢？

我想，你是一位生活大师。

你是——自然的箫声。

三毛

面对挑战

当我开始提笔写这封信时，我已经做了决定，心中平静，但我仍忍不住要向别人倾诉，多少年来，我独自一人走在人生道上，所有的苦楚莫不化为泪水往肚里吞，可是，这次的困境不似从前咬着牙就能过去，他的逼迫、他的骚扰，使我尝到身不由己的痛苦，我屈服了，却有千个不甘愿，但，我实在是无路可走了。

我父亲是个赌徒，他的一生就输在牌桌上，也许，他没有想到，连我的一生也被他输了。一个月前他车祸去世，起初我大大地松了一口气，我的家今后不会有不三不四的人出入及打牌了。可是，哪里想得到，父亲欠了一些人的赌债，有些债主看我们姐弟三人孤苦无依，无亲无故的，更念在我是国立大学的学生，也不跟我讨了，有些则要求对折分期付款还，只有一个债主，苦苦相逼，原来是居心不良，要我下海为娼。天哪，好歹他也是看我们姐弟三人长大，搬了无数次的家，他总是会出现在我家里打牌，竟然对我说出这样的话，我这才知道什么叫做“厚颜无耻”。

他不断地骚扰我、威胁我，甚至说若我不答应，则去跟妹妹说，听到这，我实在忍不住了，他抓住我的弱点了，我没法子反击了。

高中时就被爸强迫和他轮班抽头，当同学都进入梦乡时，我却必须从半夜十二点一直站到四点，还要去买早点回来给那些“伯伯”吃，然后睡一个小时，又匆匆忙忙叫弟弟妹妹起床上学，我到校时，无法早自习，一坐上我的位置就想睡觉，升旗也不参加，同学对我都是轻视多于同情。后来我把家中情况告诉一位好朋友，她起初是同情，后来也是疏远、轻视。高中生涯就这样孤独地过完。

但，事实上我是很少怨天尤人的，我坚信“天助自助者”且绝不向命运低头，况且我有最亲爱的弟妹。我们三人早已同心，共同努力奋斗，终有苦尽甘来的一天。对未来我们充满信心希望，依我的条件明年毕业即可找到一份优渥的工作，找到一个好人结婚。但，如今，所有的梦都碎了，我必须生活在阴影下，到一个弟妹不能接受的地方，想到此，活下去的意义一点也没有。

不知道还该写些什么。有时候会羡慕妹妹，至少她有我可以依靠，可以撒娇，而我呢？却独自承担起这一切。天上的父，是否抛弃了我？

父亲生前曾告诉我，以后要回到他的老家去看看，他生长了二十五年的苏州乡下，我不知道我会不会去，如果我去了，表示不再恨我父亲。

下海，我的一生就结束了，也许债还清了，就跳入河里，让河水洗清我这个人吧。

三毛，人的生命并不是全操在自己手上，是不是？再见了，谢谢您。　祝

平安喜乐

无名氏　一九九〇、四、六

没有名字的妹妹：

看了你的来信，实在很痛心，在这种关节上，你居然忘记了常识的重要，你几度在信中向这个逼迫你的人屈服，完全不懂得冷静保护自己，就预备去向命运低头，你的书白念了，你的智慧又在哪里？

我说了你，对不起。以我的常识来分析这件事情，它仍是可以处理的，“你不可能去下火坑”。闲话不说，我们来分析：

一、快向地方法院具状申请“抛弃继承”，不是你单独一个人，包括你的弟妹在内。这必须假设你的父亲尚有遗产可言，不然光

是抛弃债务而无财产可弃，便于事无补。申请“抛弃继承”必须在亲人死亡两个月之内。这一条对你好像用不上。

二、向你居住地的警察分局刑事组报案。你必须提出这个逼迫你的人事实威胁的证据，例如说：录音带。

录音这件事情现在很容易，市面上有一种极小的录音机，下回那个人再来骚扰你的时候，注意，往这个方向讲话，引他明明白白地讲，暗录下来。

当你向警察局报案时，缴上去的不只是录音带，最好再将录音抄一份书面记录同时附上，这样警局处理起来比较快速。

你的弟妹可以是证人，但因血缘关系，他们的证词，可信度在法律上会打折扣。

市面上也有一种录音电话，操作简单。你自己看情形要用什么方式，确实掌握住对方的谈话内容实录。

三、债务纠纷，但看借据，口说无凭，再说又是赌债，一般来说，这属于“民事”。欠债还钱在法律上有着一定的程序和步骤。“迫良为娼”却是刑事，对方以这种方式恐吓你，等于对付一个无知的文盲，恰好造成了你控诉他的条件——你们不但快拉平了，你还略胜一筹。

以上讲的都是法律。很遗憾的是，如果对方不尊重法律而对你使暗的，那就麻烦一点了。

我们先不要悲观，走一步算一步，不可以屈服、不可以懦弱、不许向恶人妥协，也不要害怕。

亲爱的妹妹，我没有说太多同情你的话，只为了那是徒然。勇敢起来，面对挑战，发挥你的潜能，注意健康、擦去眼泪，现在你需要的不是上天，而是位律师。不要去街上乱找律师牌子，请再来信。不要担心律师公费的问题，总之不要担心。如果你有可信任的律师，就请自理。

妹妹，人间还是有着温暖和友情的，不可以自弃。谢谢你来信给我，期待你再给我报个消息，以免悬念。爱你的姐姐三毛再噜苏一句：“不许妥协。”这种屈服轻于鸿毛，值得吗？

三毛

三毛再次写给“无名氏”的话：

请告诉无名氏（七月号无名氏小姐）千万不可以下海，请告诉她，天底下曾经负债累累的，不只她的家庭，再多的债务总有还清的时候，只要全家一起努力，这正是试炼自己的时候。下海的女人，不管是什么样的女人，什么样的原因，没有好下场的，不是沉沦不能自拔，甚至因情欲焚身而丧生情夫刀下，即便从良，依然为人不齿，请无名氏要多加考虑，人生只有一次，不能重来啊。知识如果不能让无名氏坚强，那么以她的情况，可能还有更多的苦头要吃。　　顺祝

平安

一个曾经想下海，而如今活得自在坚强的女孩，给她由衷的祝福

三毛

做一个秋千架上的小英雄

保持自身心态的平衡

救救我，我不知道该怎么办？我妈离家出走了，老实说这已经不是一次两次的事了，当然，我爸打我妈也不是一天两天的事了，从我有记忆以来，我就知道“爸爸会打妈妈”。过年的时候，不知道发生什么事，妈妈又出走，一直到今天都还没回来，也没打一通电话回来。

而爸爸也因为妈妈不在家，每天不是出去喝酒，就是在打麻将，都不做事（他不知道妈在哪里），回到家总看不到他人，只看到二妹在家，我觉得爸爸没有责任感，难道日子就要这样过下去？

我目前是个国四班的学生，现在是我最重要的时刻，我不希望这些问题一直困扰着我，但是总抑制不住自己一直去想这些问题。　　祝

身体健康　心想事成

Simbel　一九九〇、二、九

由于家中订阅了《讲义》这份优良的杂志，得以知道您的讯息，心中万分喜悦与满意。曾经许多次我与父亲处于冷漠的状态下，他曾在我与哥面前打我所挚爱的母亲，甚至拿刀要砍她，也曾经想拿领带勒死全家，所以他在我心中的地位，您也可知道一些了。虽然他所做的一切，皆是在酒后失去理智的情况下。

记忆犹深，在我小学三年级时，他经常酒醉殴打我，年纪尚小的我，只是惊吓与无助。而国中时，父母三天一大吵，五天一打架。在国三那年，父亲与母亲大吵一架之后，原本以为风波平息了。但接到一通电话，父母亲便着衣外出了。在家的我及哥哥都深深担心他们是否会在外头吵架，时间由晚上七点多等到十二点多，外头是风雨交加。后来，我听到外头有车声，赶忙到阳台看望。却看到父亲从自用车走出，没有母亲在旁。我心冷了，有说不出的惶恐、担心。当他进家门之后，只是睁着通红的双眼，向开门的我说，他对不起我妈……说完便哭了。我已遗忘当时自己是如何奔出去的，在深夜中，在风雨中，我叫着我妈的名字，望着每一条空荡的大街小巷，深怕妈妈会被人欺负、被人抢劫。但又能怎么办呢？回到家中，那个“父亲”已呼呼大睡了，我好想杀他，打他，踢他。

小庄　一九九〇、二、四

说真的我要求的也不多，只不过希望我爸别再沉迷于六合彩，我妈也别专注于股票行情，回头看看她们的儿女，何时已将曾有的笑容收藏起来，昔日的幸福早已随风飘散，伴随我成长的是一个空寂、冷漠的家。我多么盼望自己在上班、上课，疲累了一天之后，能有个“像家”的家，等待我回去享受天伦之乐。如今三两天不碰见他们，早已是常事，我真的想问他们究竟关不关心我？

在别人眼中我是个懂事又认真的女孩，却没人看出我满心伤痛，真觉得好累好累。亲爱的三毛，我并非别人眼中乖巧、懂事的女孩，在我内心深处，我真有点想“自暴自弃”，既然家人不在乎，我又何需那么认真地安排我的生活呢？不争气的眼泪再次潸然落下，可不可以告诉我怎么做，才会让我心平气和、顺理成章接受这些“不会变的事实”，让我的心好过点？　祝

平安

宝贝　一九九〇、二、二十一

各位亲爱的少年朋友：

在这儿我想讲两个真实故事作为答复各位来信的序幕。第一个故事是十五年前我在欧洲报纸上看来的报道。

一位初做母亲的英国妇人，在婴儿出生以后的三个月内，抱着孩子跑了六十八次医院急诊室求救，而她的孩子不过是哭了一下或打了喷嚏而已。英国法院对于这位母亲的裁定是：将这位婴儿交由托婴机构代养，不再属于她。法律褫夺了一个人做母亲的权利，理由是：此位妇人欠缺照顾孩子的能力。

以上那场判决，令我再度印证了一个观念，教养儿童和少年，不但是父母的责任，社会也有权利。

现在我们将另一个故事拉到台湾来。散文作家亮轩，有一年

在台北市国父纪念馆捡到一个走失的小孩子，孩子在深夜中大哭。亮轩将这个孩子抱住，安抚他，叫他不要惊慌，孩子不哭了。这时候孩子的爸爸找来了，上去就给了孩子一个重重的耳光，又喝令小孩跪在石凳子上。亮轩去请来了警察，警察也没有办法。亮轩跟那父亲理论，结果那位父亲指着亮轩痛骂，叫喊："我的孩子要怎么打是我的自由，你少管闲事。"

我们再来加一个故事：三毛的朋友不争气，夫妻两人一天到晚吵架，有一天深夜里，接到电话，那边哭得声嘶力竭，喊："阿姨快来，这一回爸爸妈妈要打死了。"三毛赶去不是为了劝架，而是想带走那饱受精神虐待的孩子，结果可想而知——他们大人至今仍在打闹中度日，孩子不放手，继续在伤害中成长。

亲爱的青少年朋友，各位的来信对我并不陌生，这类"不负责任父母伤害子女"的哭诉，十五年来在读者来信中占了五分之一的比例，我从不找那些已经无药可救的父母去谈，我跟孩子们做朋友，当面谈许多次、许多年，直到他们进入平稳期。

在这场人生里面，我亲爱的朋友，最重要的生活密码，我认为是本身心态的均衡。好，我们假想生活是两种必须玩耍的游戏运动器材，一种是秋千，一种是跷跷板。

跷跷板一个人不能玩，我们无可选择地只有让生活中的父母、手足、同学、老师，以及社会上与我们共同在大环境中的人，坐在对面。

于是，我独自坐在板的这一边，很孤单的，而那一边上来的人，很可能因为体重的关系，一来就将我弹到空中去。这时候，我们不能要求对方减肥，减成与我们并重，而对方也不肯把脚松一下，放过悬空的我们。我们只有用智慧去对待这场游戏，想出办法来，使我们平稳落地。跷跷板的情况很多，各位其实在生活中都坐在一块板上，有没有意识到这个比方呢？

另外一种游戏是打秋千。这可以是独立的，推着秋千跑几步，跳上去，自己用脚蹬。秋千也可以是他人在我们的身后推，一次两次三四次，把我们推得大幅地摆荡起来。那些推动我们的手，也就是家庭、学校、社会的代名词。

亲爱的朋友，在人生的开始时，我们大半都在打秋千，等到学会抓稳的方法时，才能跨上跷跷板，试试看自己能不能与他人平分秋色而不受伤害，进而共同创造美满人生。

话题终于绕到各位的来信内容了，亲爱的朋友，在没有“健康爸爸、健康妈妈”的情况之下，就不必去要求父母陪你们坐跷跷板——他们欠缺能力。这种父母会把你们拖下来使你们失去平衡，不要理会他们了。你只有坚强地踏上那属于你的一块小木板，去做一个“秋千小英雄”，这个过程中，父母并不帮忙推你。

在别无选择之下，只有不要求打架赌博的父母给与合理的爱；他们连自己都爱不好，又如何懂得爱儿女。

其实，在一个和平有礼、高尚祥和的环境中生活，是每一个人，可以向家庭、社会要求的权利。很可悲的是，这个世界失去了平衡，我们的权利变成了梦想。在这不得已的情形下，我们只有以“反求诸己”来求取内心的健康。

许多年来，每当见到在行为上特别平和的人，我总会去问一问他们成长的过程。除了资质特优的人以外，一般智力，但是表现优美的人，大部分都会告诉我，说：“我是经历过许多挫折之后才变成现在这种样子的，我相当珍惜目前的生活。”

我也见过一些始终自暴自弃的成年人，他们直接伤害家庭、间接伤害社会，而他们的理由却相当慎重其事：“你知道，我受过一次很大的打击。”我问：“只一次？”他们说：“一次难道不够毁了我吗？”我看着这种人，不再说一句话。

亲爱的少年朋友，人生的取舍与好坏，说穿了十分简单，不过是一个“决心”的问题。一次决心崩溃，不要拖到一辈子，伤口好了的时候，再下一次决心。三次痛下决心以后，你应当对于人生的方向有了“生涯归纳”。虽然命运无常，可是无常的变化，你将不再视为畏途不去迎接它。

磨练这回事情，就如同风雪中的梅，愈冷它愈开花。逆境，由这个角度看过去，也产生了意义和光辉。

我亲爱的少年朋友，千言万语的叮咛，其实比不上一个了解的拥抱。在拆阅各位来信到现在的好几个月里，我一直把各位悄悄抱在怀中，没有出声。请原谅我迟了的回信，并不因为我在旅行，而是，我一直在想，想怎么字字斟酌地向各位表达。好，现在写了这封信，我的手又空了，如果各位喜欢，欢迎投入我张开的手臂。谢谢亲爱的你，告诉我成长的艰难，谢谢各位让我分担。有心事，再来信给我，请不要犹豫，三毛姐姐爱你们。我们不孤单。

三毛

如何面对婚外情

婚外情事件

您好，恕我直切主题，不做客套。

我和先生结婚十年，婚前交往三年，三年中先生每天一封信，无日间断，见面时亦然。当时我不曾对他的在外行为有过丝毫的怀疑与追究。因此当今年初他自承另有爱人，时间也近十年时，我简直不能相信这情深义重的人，在与我结婚的同时竟另谱恋曲。在一整晚的翻江倒海后，觉得一辈子的泪都已流光了，心里的悲哀与受创，无语能形容。十年不是短时间，我竟无知、愚昧至此地步，自以为天下第一幸福人。先生直问："难道你就容不下她？""难道就不能包容，非要逼死她？"岂是容不下她，实是容不下我自己。我自云端跌落，浑身是血，已无力自保，何能逼死她？我不愿在这污秽的环境继续下去，我要离开。第二天我留书表明宁缺毋滥的态度求去后，外出缴纳当月份的房贷与会钱。回来时，先生已看过留书，以为我走了，泪流满面、痛哭失声。他表示从没想过会失去我，事情在一天一夜内明朗，也在一星期内花了钱解决，如今一切烟消云散，回归平静。但在我内心的痛，还一直持续着。我看了很多这方面的书，什么“走过婚姻”“再入红尘”的，但还是不能平静。是不是也请您拨空在《讲义》杂志回我几语，以醒我失心之苦，于此深切期待。言语杂乱，敬请原谅。　敬祝
安好

亦云　一九九〇、六、四

亲爱的亦云：

“婚外情”的来信在我以往十数年收信比例中来说，占去了四分之一强的统计，这一回我们不再只是以“重建生活”作为方向，不如更积极地来面对这件事情。

在这里我想借着一个小故事来开场。

多年前，我的先生必须离开加纳利群岛回到西班牙本土，去接受十九天的“深海潜水”再训练。那是我们相识第十一年，结婚四年。先生邀我同行，我为了省路费，不肯去。在那分别的十数天内，先生每天与我联络，回家后却直接告诉我，他结识了一位女孩子，接近陷入情网，又说：“要不是结了婚——”

我的第一反应相当复杂，个中滋味包括很深的自责。我的行为反应是投入了他的怀中，不能说一句话。

三个月以后，我看先生常常黯然，却不再提那个女孩子的名字，我内心的痛楚和歉疚更深了，因为对方是一位对我丈夫也付出了真情与热爱的好女子。后来我诚恳地问先生，要不要我回台湾一年，让他们两人在生活上相处一阵，如果他们美满，那我就自寻生路。一旦他们因为了解而分开，只要先生一个电报，我就飞回去，我

还是要他。又如果，三个人一同接纳观念，亲爱相处，那就三个人同时下决心做好亲密朋友、家人和爱侣的事实，真诚相待，不分彼此。

先生听见我提出如此的处理方法，哗一下扑上来，抱住我流下了眼泪，当时我也哭了。一年以后，我们坐在阳台上看秋日海水的夕阳，我摸摸先生头发，问说："还想她吗？"他略有所思地说："那种爱情，属于一霎永恒的完成，难忘。至于说我们之间，生活的恩和情扎得太深，天长地久了。"

两年后先生溺水过世，我一个人默默生存。有一天我在家中种菜，院子外面出现了那位女孩子，我滑掉了一大包手中的玉米种子，向她奔去。我们两人紧紧拥抱在一起痛哭失声。

后来我先生至爱的朋友，一位摄影家要求接纳我，我却将这位好女孩介绍给他。他们结婚了，得了一个小男孩，取了我先生的名字作为纪念，孩子喊我："中国妈妈。"

亦云，我将这个故事中四个人的情操，请你，以及读友分享。如果当年我与先生的结合，不是双方都已在人生里出生入死地历练过，我们的处理不可能如此超然和升华。是的，在成长过程中，我们夫妻的路途，都相当艰难，表面上看来却是一片天真烂漫。

婚外情事件，除了习惯拈花惹草的男女之外，一般来说，并不只是"对"和"错"就能断人生死。情感也不只是一张结婚契约就能够保证的。一个人同时爱上了两个人也是人性的一种可能。欺骗的背后，存在着太多的因素，也不是绝对的恶所能解释一切。软弱的背后，又有着千千万万个成因，而勇敢真诚这件事情，能力不足以及怕痛的男女是不愿去迎接的。

你的事件，是你先生在一开始时为了怕你痛苦，为了怕他失去你，而做了隐瞒，使你失去了与一个亲爱的人，共同承担苦乐的义务和权利。结果他更加重伤了你。至于事后的处理，你采取了“快速结账”，这很坚强，但是不合自然。人是血肉之躯，情感的来和去需要时间，你将十年恩情一夜之间硬要一笔勾销，在法律形式下，以金钱解决。在情感上，钱不能解决种种新愁旧恨，痛苦当然产生、延续。你没有给自己消化痛苦的良药——时间。

我亲爱的女性朋友，请一定去了解，那些可能使我们快乐和深悲的男性实在不如我们想象坚强。男人不过是人，他们有感情、有矛盾、有挣扎、有良知、有痛苦、有欢乐，也有眼泪。身为一个男性，社会要求他、家庭器重他；男性的无力感是如此地值得分析和同情，他们背负的压力，实在太大了。

这也使得某些自信心不足的男子，在面对某些表现好强的妻子时，转移了情爱，去爱上另一个比较柔弱的女人。女性的坚强，往往造成男人不被她需要的错觉，外遇原因之一，因此产生。当然，因素太多，不只是以上的分析。

亦云，任何一件使我们痛苦的事情，都当从深层去分析那造成痛苦的症结，不然我们无法将自己从苦难里释放出来。

我的朋友亦云，了解吧，同情吧，怜悯人性的诸般愚昧和软弱，欣赏人性的可贵和真诚。切望坚强的你，在这场“人性攻击”里，学习到对于一切人间事的哀悯，而不只是单纯地不再信任人以及继续伤害自己。

亦云，一个有智慧又同时有血有肉的人，不该用他的聪明去欺骗自己，说：“我已没有了明天。”人，在死亡以前，不可以放弃对于建设美好生活的大志和雄心，这是我的坚持。

我们的功课是化学。亲爱的朋友，化解吧，融合吧，你我并不孤单，我们仍是相亲相爱的人类。亦云，让我拥抱你，与你分担，把这份伤心，慢慢分期付完好不好？爱你。谢谢你给我们思考的机会。

三毛

人生的幸福与痛苦

在你的观点里，什么是人生最大的幸福，又什么是人生最大的痛苦。

请不要左一个角度右一个角度，请主观地讲出你个人的价值观。

希圣

希圣：

当一个人，印证了世上存在着另一个人，与他真诚相爱，就是幸福。

当一个人，被他视为最亲爱的人所欺骗时，人生极大的痛苦之一，于是产生。

三毛

小时候的迷惘

凡事有例外

爱应该是没有对象或常态与否的分别吧？

我从小就只对同性有丰盛的爱，小时候的我很自在，不为此烦恼，但长大以后，外来的压力导致内心的压力，愈来愈感伤害。有许多人不分先天因素或后天因素，以同性为喜欢对象，我觉得这是一种自然，人们硬要强迫我们去改变，不过是在改变自然罢了。这种事本来就不是民主，需要少数服从多数，这只是一种爱，爱是不该分对象的，不是吗？有人生来爱异性，但也有人生来爱同性，这世界本来就凡事有例外，凡事有例外才是一种社会常态，不是吗？我是一个基督徒，但当我看见宗教对同性恋的不谅解，我就看不见神；我其实知道有好多仁爱的人在我们社会，但当我看见人们对同性恋的排斥，我又看不见仁爱在我的世界里了。

明　一九九〇、六、二

亲爱的明：

我实行这两句话：人类之间，要彼此相爱。天地万物，也要去爱。谢谢。

三毛

假性同性恋

我读的是女教会学校，每天通车上下学，校车上有一位学姐——我不知道自己怎么了，每天早晨我量好时间出门，只为了遇见她，我接近她的朋友只为了了解她，我的日记上写满她，我的心里都是她……在校车上只要听见她的声音，我便心动不已，我将那张千方百计得来的她的照片，放大又放大，加框又加框，每日每日唯一的喜悦与希望，就是那短暂的上下学车程……我这样爱她，但是她却不知道。

在这个还是尚未完全开放的社会里，我知道Homo是不被允许接纳的，所以，我们也只能“假装正常”地过日子。这一次实在太不小心了，怎么又去爱上学姐？

我和一个同班的女朋友非常亲密，我们彼此都是真心的，但是我实在很容易被迷惑。今天，她就为了我和学姐的事和我吵了起来，直到回家也不同我说话。我表里不一，外表总是吊儿郎当，满不在乎的模样，其实我是在乎她的。她也知道，但是却这样令我为难、伤心。

我爱她，也爱学姐，但为什么她们都这样让我难过。

活得好累。幸好，我还年轻，大概死不了吧。

小隽　一九九〇、一、二十

亲爱的小隽：

我想再说一次，这个信箱的主要性质，是沟通、了解、分享、分担、交换人生心得、彼此鼓励快乐健康，而不是替读友解决问题。我个人的成熟度永远不足，不敢向任何人提出太多解决方法，不然我的歉疚感会很深，那就不自然了。

我亲爱的朋友，请自己分析一下你本身生长的环境：一间女子教会学校。

你所谓的Homo，没有用中文书写，而用了英文，可见你躲闪了一下。我相信“同性恋”这个中文字，你是故意不用而不是不懂。

以我旁观者的角度看来，这是一种“假性”的心态，是因为小隽你的情感丰富，又在一个没有异性并存的环境中生长，而产生的倾向。目前先不要立即对自己定位好不好？

在我初中的时候，我也曾经因为热爱过一位同班女同学而跟她偷偷“海誓山盟”，后来我们长大了仍然亲密，但是已各自婚嫁，想起以前来就会大笑。那时，我们还刺破了各自的手指，写下“血书”以记爱情。

当然，当年我因为休学，而改变了生活方式，使我得到一个“强迫因素”而淡化了跟这位女同学的交往。如果小隽你学校毕业以后，还是继续热爱这份感情不去淡化，那么“假性同性恋”会被引发成“真性”，那就是你自己的承担和选择了。请求参考我们之间的沟通，这并不是指导。

好，现在我们来将两个英文字弄清楚。

Homosexual 的意思是指：同性恋的，同性恋的人。Lesbian 的意思是指：女性同性恋的，同性恋的女人。以上形容词、名词通用。

至于你目前的情况，先不要在前面两个字中立即给自己定位。我想请问你，另一个英文字怎么讲：“同性爱”。请你告诉我。

无论哪一种感情，无论是哪一种，占有心太强，都是痛苦的泉源。我认为。

三毛

希望您别笑我傻

好好地活下去

这世上真的有神吗？我不信。有一个长得清秀的小女孩，被她的堂哥强暴了。而今，这女孩已经长大，却永远逃不出这黑暗的阴影。这女孩独自默默承受这种难忘的痛苦。而今，只有对三毛阿姨您倾诉。这女孩常对自己及上苍感到怀疑，为何纯洁自爱的女孩，会受到上苍如此不公平的待遇。

在我的内心中，时常有“恨”及“自杀”的念头，我常常会想到那件事，内心忿忿不平，读书都无法专心。今年大专联考卷土重来，深怕自己又落榜了，自己读的是所名女中，同学大多很顺利地当上新鲜人，而我却活在噩梦连连的世界中。时常在想，自己是否要赶快投胎转世，远离充满“恨”的生活。不知为何，对未来已没有希望，很想对别人倾诉内心的结，却怕别人瞧不起自己，只好写信向您求救了。

希望您别笑我太傻，没有身历其境的人，是不懂其中精神上的痛苦与煎熬，以及身体上的折磨。希望三毛阿姨能写一篇使不幸受害者重新站起来的文章。期待您把我从地狱中带到人间。 祝

怡然

受苦的人　一九九〇、六、六

受苦的孩子：

我不能因为你的年纪小就去拼命同情你，而不为你做另一份重建。

孩子，你先深呼吸三次，再看下去。

被谁强暴了，都没有什么大不了。当做被疯狗咬了。这件事情已经造成了你性格上长久的伤害，难道这还不够吗？你还要在内心去扩大、膨胀，再度演出这场恐怖片吗？你要回想几万次才使自己得到满足？你又满足了吗？

我看见你相当积极在吸吮你的伤口，难怪它不能结疤。我看到你怨天，我看到你尤人，我没看到你跟向上的心合作。

强暴你的人，你有恨，这是当然。“以后在意念上一再强暴你的人是你自己，你去恨谁？”

如果天下诸神，全都要把人类背在背上行走，那么他们就不必创造我们的手和足了。

如果自杀可以解决问题的话，那么世上没有活人。

我跟你讲，这世上不是只有你想自杀，许多人想自杀。你给我好好地活下去，直到你年老，如果到时候还是要自杀，那我陪你这个傻子去死。

有痛苦，应该讲出来，你忍了那么多年才向我倾诉，我是不是疼惜你的孤单？我是不是疼惜你早些不讲？我是不是可能怨怪你的家庭、学校以及我们的社会，为什么早先没有人给你足够的爱和信任，使得你孤零零地在如此黑暗的深渊里独自摸索？写到这儿，我流泪了，亲爱的孩子，我们大人对不起你，让你受到了无依无靠的成长。

我没有轻视你，我更没有理由瞧不起你，你仍是清秀纯洁的。我想把你那害人的堂哥绳之以法，关起来，让他不再去伤人，你的气也平些。而你会不会与我合作呢？你不会。你连地址姓名都不肯留。

受苦的孩子，在你成长的过程中，不要拒绝他人的手拉你一把的诚意，过去的事情既然已经过去，就当下决心不再去多想它。再说，你没有犯错，没有。

“恨是一种极苦，不要让它靠近你。”如果你需要心理辅导，请再来信给我，我们请专业医师帮助心理重建。在这儿我一开始就对你当头棒喝，是一份苦心，你要是被这一棒打醒了，倒是好的。不要太肯定三毛绝对没有如你一般地身历其境过，她深切地懂你，原因你去想想。她活得下去，你也活得下去。她不自杀，你不自杀。前面的话，你再去想想。看了我的回信，请再来信联络，你不好好活，我不会放过你。

三毛

一份警戒心

虽然我的年龄和阅历皆浅薄，但是我并不是无知，只是对人生这门大学问，愈是想一窥究竟，心中免除不了畏惧和迷惑，但是我总是告诉自己要勇敢地接受一切的试炼，方可拨开云雾。

我的大姐曾经跟我谈到对人的信任度，她说："对于任何人，都不可太信任，必须存有适度的警戒心。"但是我却颇不认同，与其保持一份警戒心，不如坦诚一点对人，自己也舒服些。　祝

一切如意

玉琳　一九九〇、六、二十九

亲爱的玉琳：

防不胜防的例子太多了。适度地信任他人，是社会结构的基础，不然我们活不下去。过分信任他人的主因，往往出于过分相信自己处事的能力，这很大胆，我也不为。你大姐的话有道理。

三毛

让痛苦往事随风飘

我心中的悔恨

我是一个孤儿，当年来台因年幼无知，未曾受教，许多人生道理的问题，有待指教和回答。最近在《讲义》中看到《亲爱的三毛》专栏，以下有几个问题，想请三毛帮助解答。

如何让往日的悲愁与欢笑，从此不再浮现脑海？

我不愿再回忆往事，深怕再勾起往日难言之痛，但是又忍不住去回忆它。要如何才能忘掉它？本以为狱中生活会使我心情平静下来，未料却使我心力交瘁。如何让无边的寂寞、孤独、烦闷与苦恼，离我远去呢？历历往事常日夜浮现心头，有如无法跨越的沙漠，横阻了我前方的路程，使我陷入无边的黑暗。在现实繁忙的生活中，我每天醉生梦死，沉迷在灯红酒绿的漩涡里，完全无法自拔。如今看清这个无情现实的社会后，过去我用幻影编织成的美梦，完完全全地消失了。

我觉得自己生活在怨毒、猜忌、残杀的气氛中，有一种莫名的压迫，导致我犯下这个无法抹灭的错误。如今想起，纵有千言万语，也不知如何陈述我心中的悔恨。请问：如何改变自我的现状？

如何创造自己的生活？如何美化自己的人生？

祝您永远快乐地活在宇宙天地中，替人类开创美满的人生旅程。

熊银才敬上　一九九〇、七、一

银才先生：

人是记忆的动物，人也是由往昔种种思想行为造就出来的“今日之我”，所以我认为，要完全忘掉过去的悲欢，完全消除它，是不可能的。我猜想，您的一生受过太多痛苦，才会不愿再记得过去。

人，在看不见前面的希望和光明时，往往控制不住地跌进回忆里不能自拔。回忆并不伤人，但如果回想太多而钻起牛角尖来，那就很苦了，因为我们不能改变已经发生过的事。

银才先生，我们来做一种“脑力训练”的试验好不好？如果我们又在回想过去，那么就给自己一个限定时间，告诉自己：“好，这些悲欢往事我再想一个月，就不去想它了。一个月零一天开始的那一刻，我一定不再去想这件事了。”

我们把时间放得很宽，一个月，一年，都可以。在这个期限中，我们反复地为那“不再想往事”先做暖身运动，一再提醒自己——我们是有潜能的，我们可以控制自己，包括思想。那些令我们痛苦的往事，一定可以透过自己而淡化。于是，试试看，想想未来当做的事，把往日挤出我们的思想空间。人的思想是不停止的，回忆如果不被未来所取代，它是不容易离去的。“未来并不遥远，下一分钟、下一个小时、明天……都是未来。”

我也曾有过很长的时间，生命是停顿而麻木的，完全无法控制地跌入往事中悲伤，那时候方才明白了一个行尸走肉的生命是怎么回事，当时我身边无父无母无子无女。后来我开始去学习种菜，由翻土这件最基本的事开始，直到去看“农化”的参考书。我从清早做到黄昏，自己家中的菜园种遍了，就到朋友的田里去翻土收获，什么都做，流汗流血（手会破）地去做，三年后的一个黄昏，我不知不觉在田里哼起歌来。当我意识到居然是自己在唱歌时，我将锄头一丢，哭起来了，那种活过来的惊喜至今难忘。当时我也做木工、修汽车、接电话、粉刷……书籍不大能看，只能用劳力的事来帮助自己。

陆正的父亲，在孩子被绑票而去，不知生死的强烈痛苦里，也是去推土、运沙，用劳力来镇静他自己。我们的方法是一样的。

银才先生，我们开始“训练脑力”的第一步，是把往事的键钮关掉，一定要对抗自己的软弱，然后试着去做事。把我们的心，放到另一件事情上，专心地去做，只对付今天要做的事，把它做得完美。虽然您目前身系囹圄，可是您的手没有被绑起来，那么先从您的铺位开始，一分一寸都不放过地去打扫，这里面存在着一份行为的意义，不能轻视。目前您在“行刑累进处理条例”之下生活，那么当然进入狱中工厂去做手工，请不要忽视这种好机会，“尽力去学习、勤力去实行”，那时候，请您一定跟自己向上的心合作，将那些令您痛苦的旧恨，让位给目前的工作。您会发现，工作很有意义。

很对不起，您的许多问题我都无法回答，只有将我个人的经验和陆先生的比方与您分担。“坐而言不如起而行”，想了一辈子要做一个善良的人，却没有行为去配合，不是等于空想吗？我们想一下，就去做一下，再想一下，再做一下，试试看这个方法。要有决心。

已寄上浅显的《简易〈般若心经〉》请您消遣。另代订《讲义》一年。谢谢来信。您的信是仔细誊过才寄出的，可见心苦。感谢。不要对人性失望伤心，世上善良的人还是多数，如果看不清这一点，活着很痛苦，也没有希望。欢迎您做我的朋友，私下来信。

三毛

跳一支舞也是很好的

各位亲爱的朋友：

新年快乐。对于这全新的西元一九九一年，我的心里充满着迎接的喜悦，但愿各位朋友也是同样的心情。

既然我们这一期面对的是一个全新的年代，我很想暂时放下那一批信件，给这园地一次不回信的假期。当然，这只是一次例外，下个月我们又将以通信的方式沟通了。

在这一九九一年的开始，很想跟朋友们分享三个电影故事，虽然它们都不算新片子了。

想和朋友们讨论的一部电影叫做《老人与猫》（*Harry and Tonto*），导演是保罗·麦梭斯基（Paul Mazursky）。故事很简单：时光流逝，岁月催人老去，电影中的主角夏利，一点一点丧失记忆，但是他对朋友金姬说，他一生最爱的人是谢西。他问谢西："你还记得我吗？"谢西答记得，却把他喊做"阿力"。

失去了记忆使大家都有些尴尬，谢西突然说："那我们跳舞吧，既然没有了过去，现在跳一支舞也是很好的。"

这时候导演麦梭斯基只是淡淡地把刚才推进去的镜头徐徐拉出来，让金姬隔着玻璃看着里面的一对老人跳舞。

接下来，我们看见年高的夏利外出旅行，在路上他认识到更新鲜的事情；第一次走这么远的路，令他惊奇、愉快，夏利可以感受到更多阅历的增加，使他生命再有突破，而不再困守成规。

片头开始的时候，导演让我们看见寒冷肮脏的纽约城市以及凄苦的老人。到了片末，画面上清朗明媚的天气，有沙滩和海水，到处充满活力，沙滩上还有一个小孩子在筑着城堡，夏利跟小孩相视、点头，会心微笑。

道路、老人，这两件事情构成一个形式上的象征：我们可以解释为人生并没有休止符，即使在人最后的岁月里，还是可以继续学习新鲜美好的事情。

基本上这是一部豁达的电影，可以看见导演自由自在抒写心里的感觉，对于“时间”的解释，也充满着乐观与热情。

我们再来谈谈另一部电影《穆里爱》(*Muriel*)，导演是阿伦雷奈（Alain Resnais）。

《穆里爱》中两个重要人物：阿方索和贝奈德，他们一再用忏悔的声音、无奈的情怀，来对待流逝的日子。阿伦雷奈是一个固执的导演，他在作品中反复描画时间和人的关系与特性。戏中每个人都纠缠着往日的错误和失落，将现在完全花费在填补过去的空白中。他们不肯活在全新的感觉里，他们一切留待追忆。时间，在《穆里爱》这部电影中，等于将现在转化为过去的救赎和补偿、重复、反照、封闭，而不是开展、继续。

人在回忆中徘徊，也在里面扑空。

这也是人对待“时间”的一种看法与应用。

再说，意大利二次大战之后的新写实主义大师，导演卢契诺·维斯康堤（Luchino Visconti）一部名片：《浩气盖山河》(*The*

Leopard）。

维斯康堤借用一个家族的没落以及时代变迁的感怀，其实是对于荒漠广袤的时间流逝感到无奈。此片是一场对于生命的观照：有关衰老、失落，有关新与旧的更迭。

新的时代取代旧的时代，年轻的生命繁衍过来，老去的空间愈来愈小，这一切都再自然不过了，虽然其中未曾没有伤感。

电影最终，萌林纳亲王跪在幽暗的街道上，仰望着不知名的天边星宿说："什么时候我才能得到你的邀请，赴你确实的存在？"情怀虽是闭锁，但大勇和彻悟的人已经很清楚这场人生的每一步过程而不抗拒它。

以上三位电影导演所诠释的三种"时间"态度，请读友们自己选择、分析。再请借此看看我们是如何在对待时间——也就是我们的生命。

愿意将这三部电影的人生态度，作为我们迎接一九九一年时代来临的个人取向。

至于目前的我吗？我跟在《老人与猫》那个夏利的后面，是另一个谢西。既然过去的已经过去了，那么现在来跳一支舞也是很好的。

亲爱的朋友，人生永远柳暗花明，正如曹雪芹的句子——"开不完春柳春花满画楼"。

生命真是美丽，让我们珍爱每一个朝阳再起的明天。

注：以上三部电影分析，参考罗维明的著作《电影就是电影》。志文出版社出版。

随 想

你快乐吗？
你快乐吗？你快乐吗？

试试看，每天吃一颗糖，
然后告诉自己——
今天的日子，果然又是甜的。

孩　子

没有孩子的女人是特别受祝福的。
养一个小人，没有问题。
为这份爱，担一生一世的心，
担不起。

遇到不能解决的事情，去问孩子，
孩子脱口而出的意见，
往往就是最精确而实际的答案。

成年人最幼稚的想法就是——小孩子又懂得什么？
其实，大半的孩子都不很享受作为一个孩子的滋味。
这种情形，在中国偏又多些。

适度地责骂孩子，可能使孩子的心灵更有安全感。

中国夫妇，
对于不圆满的婚姻，大半采取瓦全。

理由是——为了孩子。
欧美父母，
处理不愉快的结合，常常宁愿玉碎。
理由也是——为了孩子。

孩子并不以为自己小，是大人一再灌输大小的观念，
才造成孩子的“承认事实”。

童年，只有在回忆中显现时，
才成就了那份完美。

快　乐

比较快乐的人生看法，
在于起床时，对于将临的一日，
没有那么深沉的算计。

完全没有缺乏的人，也不可能再有更多的快乐了。

快乐是一种等待的过程。
突然而来的所谓“惊喜”，事实上叫人手足无措。

一般性的快乐往往可以言传。
真正深刻的快乐，没有可能使得他人意会。
快乐和悲伤都是寂寞。

快乐是不堪闻问的鬼东西，
如果不相信，请问自己三遍——
我快乐吗？

快乐是另外一件国王的新衣。
这一回，如果国王穿着它出来游街，大家都笑死了——
笑一个国王怎么不穿衣服出来乱跑呀！

你快乐吗？
你快乐吗？你快乐吗？

试试看，每天吃一颗糖，
然后告诉自己——
今天的日子，果然又是甜的。

岁　月

我们三十岁的时候悲伤二十岁已经不再回来。
我们五十岁的年纪怀念三十岁的生日又多么美好。
当我们九十九岁的时候，
想到这一生的岁月如此安然度过，
可能快乐得如同
一个没被抓到的贼一般嘿嘿偷笑。

相信生活和时间。
时间冲淡一切苦痛。生活不一定创造更新的喜悦。

小孩子只想长大，青年人恨不得赶快长胡子，
中年人染头发，高年人最不肯记得年纪。

出生是最明确的一场旅行。
死亡难道不是另一场出发？

成长是一种蜕变，

失去了旧的，必然因为又来了新的，
这就是公平。

孩子和老人，在心灵的领域里，
比起其他阶段的人来说，自由得多了。
因为他们相似。

岁月极美，
在于它必然的流逝。
春花、
　秋月、
夏日、
　冬雪。

伤

伤心，是一种最堪咀嚼的滋味。
如果不经过这份疼痛——度日如年般地经过。
不可能玩味其他人生的欣喜。

伤心没有可能一次摊还，它是被迫的分期付款。
即使人有本钱，在这件事上，
也没有办法快速结账。

有时候，我们要对自己残忍一点，
不必过分纵容自己的哀怜。

大悲，而后生存，
胜于不死不活地跟那些小哀小愁日日讨价还价。

有些人的怨叹只是一种习惯，不要认真帮他们解决，
这份不快乐，
往往就是那些人日常生活中的享受。

有时候我们因为受到了委屈而悲伤，
却不肯明白，
这种心情，实在是自找的。

挫败使人苦痛，
却很少有人利用挫败的经验修补自己的生命。
这份苦痛，就白白地付出了。

小聪明人，往往不能快乐。
大智慧人，经常笑口常开。

伤心最大的建设性，在于明白，
那颗心还在老地方。

造化弄人。
人靠自我的造化弄天。

自　己

在我的生活里，我就是主角。
对于他人的生活，我们充其量只是
一份暗示，一种鼓励、启发，
还有真诚的关爱。
这些态度，可能因而丰富了他人的生活，
但这没有可能发展为——代办他人的生命。
我们当不起完全为另一个生命而活——
即使他人给予这份权力。

坚持自己该做的事情，是一种勇气。
绝对不做那些良知不允许的事，
是另一种勇气。

不要害怕拒绝他人，如果自己的理由出于正当。
当一个人开口提出要求的时候，
他的心里根本预备好了两种答案。
所以，给他任何一个其中的答案，

都是意料中的。

原谅他人的错误，不一定全是美德。
漠视自己的错误，
倒是一种最不负责的释放。

过分为己，是为自私自利。
完全舍我，也是虐待了一个生灵——自己。

自怜、自恋、
自苦、自负、自轻、
自弃、自伤、自恨、自利、
自私、自顾、自反、自欺加自杀，都是因为自己。
自用、自在、
自行、自助、自足、
自信、自律、自爱、自得、
自觉、自新、自卫、自由和自然，
也都仍是出于自己。

自己是什么？自己是谁？
自己是自己的吗？

乐　命

今日的事情，尽心、尽意、尽力去做了，
无论成绩如何，
都应该高高兴兴地上床恬睡。

人生的许多大困难，只要活着，
没有什么是解决不了的。
时间和智慧而已。

不要长久地仇恨任何人与事。
这种心态——焚烧如同炼狱的苦痛，
真正受到伤害的，只有自己。

我们如今是什么，大半是潜意识中所要的。
我们而今不是什么，绝对是潜意识中所不取的。
不怨天，不尤人，
自得其乐最是好命。

苦求本身十全十美的人，
那份认真强求，就是人格的不完美。

平凡简单。
安于平凡，真不简单。

一件心事，想开了，固然很好。
一件心事，怎么想也想不开，干脆将它丢掉。
没处去想不是更好？

乐观是幼稚，悲观又何必。
面对现实，才叫达观——抵达的那个达。

抗命不可能，顺命太轻闲，遵命得认真，
唯有乐命，
乐命最是自由自在。

做人做事，唯有眼低手高，
才能意气平和。
看事眼高手低，
除了怨叹之外，还有什么时效。

男与女

男人——百分之八十的那类男人，
潜意识里只有两样东西——
自尊心和虚荣心。
能够掌握到这种心理，
叫一个骄傲的大男人站起来、坐下去，
都容易得很。

女人最爱的两样东西，很可能是爱情与金钱。
女人在精神和物质双方面，
大半都比男人现实得太多。

再糊涂的女人，选丈夫时，
都有她的精明。
再精明的男人，一旦恋起爱来，
就都傻啦！

女人的直觉反应，往往胜于男人考虑再三的判断。

女人不讲逻辑，
男人拿她有理也说不清。

乍一看来，
喜欢花前月下、雨中漫步的好像总是女人。
其实，在这些柔软情调的背后，
女人内心的计划可绝对不止这一点点。

天下男人，在家居生活中，
往往只不过是儿童的延伸。
如果女人抱着爱护儿童的胸怀去对待父亲、丈夫和兄弟，
他们大半会用热烈的真情给予回报。
万一，女人硬要在家中将这种“儿童延伸体”，
当成对手，硬逼男人对抗，
得到的后果，往往不堪设想。

男人是泥，女人是水。
泥多了，水浊；水多了，泥稀。
不多不少，捏两个泥人——好一对神仙眷侣。
这一类，因为难得一见，
老天爷总想先收回一个，拿到掌心上去看看，
看神仙到底是个什么样子。

怕太太的男人，哪里是真怕——
疼惜是原因，省了麻烦是高妙。

欺辱丈夫的妻子，那份吃定了的霸气，
可真是不疼不惜不怕麻烦。

丈夫在外伤害社会，欺负弱小善民，
做太太的明知也不理。
一旦丈夫在外认真有了红尘知己，
那个太太一定拿性命来拼——
不是你死就是我亡。
所谓大义灭亲也。

忍耐的女人，
男人很少看在眼里，还有可能要轻视。
忍耐的男人，
女人又说他没有用，一样看不起。

对待女人——结了婚之后的太太，
甜言蜜语固然有助婚姻美满，
可是倒不如按月缴上薪水袋来得管用。
对待男人——结了婚的丈夫，
洗衣煮饭固然有助婚姻美满，
可是倒不如始终轻言好语来得有效。

女人在家噜噜苏苏男人受不了。
女人一旦回娘家，
男人少了那根肋骨，

才知坐也不是，睡也不是。

不结婚的女人越来越多，
这表示了什么？

丧妻立娶的男子古来皆是，
这又表示了什么？

女人和男人的战争，开始在洪荒。
女人和男人不打仗，
又活得实在没有意思。

女人和男人——真难。

钱钱钱

金钱是深刻无比的东西，
它背后的故事，
多于爱情。

钱可以逼死英雄。
钱可以买尽美女。

爱是一种巨大的能力，
世上人以这样巨大的爱力去追逐金钱，
于是金钱的能力
笼罩一切。

社会上话题最多的总是钱、
钱、钱、钱
又是钱。

世上的喜剧不需金钱就能产生。

世上的悲剧大半和金钱脱不了关系。

付出金钱，买来的东西不会等值。
付出精神，赚来的金钱也不等值。

向人借钱，总恨不得对方慷慨解囊。
归还欠债，偏偏心痛不乐的居多。

自己的金钱，当当心心叫做血汗钱。
他人的金钱，怎么看都像是多出来的横财。

朋友之间，
的确有通财之义——开口的那一方想。
朋友之间，
难得有通财之乐——给钱的那一方叹。

一个在金钱上富足的人，
还能有心关怀到受困于窘境的穷人。
才叫真正的富人。

金钱
是美德，
在于赚取和支配它的时候彰显。
金钱
是魔鬼，

也在于赚取和支配它的时候现形。

金钱最公平。
富人不快乐，穷人不快乐，
不富不穷的也不快乐。

爱　情

世上难有永恒的爱情，
世上绝对存在永恒不灭的亲情。
一旦爱情化解为亲情，
那份根基，才不是建筑在沙土上了。
我只是在说亲情。

某些人的爱情，只是一种“当时的情绪”。
如果对方错将这份情绪当做长远的爱情，
是本身的幼稚。

不要担心自己健忘。
健忘总比什么都记得，来得坦然。
爱情的路上，
坦然的人最是满坑满谷。

一霎真情，
不能说那是假的。

爱情永恒，
不能说只有那一霎。

爱情，如果不落实到穿衣、吃饭、数钱、睡觉
这些实实在在的生活里去，
是不容易天长地久的。

有时候，我们又误以为一种生活的习惯——
对一个男人的或女人的，
是一种爱情。

爱情不是必需，少了它心中却也荒凉。
荒凉日子难过，
难过的又岂止是爱情？

爱情有如甘霖，
没有了它，
干裂的心田，即使撒下再多的种子，
终是不可能滋发萌芽的生机。

真正的爱情，
绝对是
天使的化身。
一段孽缘，
不过是

魔鬼的玩笑。

对于一个深爱的人，无论对方遭遇
眼瞎、口哑、耳聋、颜面烧伤、四肢残缺……
都可以坦然面对，照样或更当心地爱恃下去。
可是，一旦想到心爱的人那熟悉的“声音”，
完全改换成另一个陌生人的声调清晰呈现，
那份惊吓，可能但愿自己从此耳聋。
不然，情爱难保。
说的不是声带受伤，是完全换了语音又流利说出来的那种。
哦——难了。

爱情不一定人对人。
人对工作狂爱起来，是有可能移情到物上面去的。
所谓万物有灵的那份吸引力，
不一定只发生在同类身上。

爱情是一种奥秘，来无影，去无踪，
在爱情中出现借口时，
借口就是借口，显然是已经没有热情的借口而已。
如果爱情消逝，
一方以任何理由强求再得，这，
正如强收覆水一样地不明事理。

爱情看不见，摸不着——

在要求实相的科学呆子眼里，它不合理。
可是学科学的那批人
对于这么不科学、不逻辑的
所谓虚空东西，
一样难分难解。

爱情的滋味复杂，绝对值得一试二尝三醉。
三次以后，
就不大会再有人勇于痛饮了。

逢场作戏，连儿戏都不如，
这种爱情游戏只有天下最无聊的人才会去做。
要是真有性情，认真办一次家家酒，
才叫好汉烈女。

爱情是彩色气球，无论颜色如何艳丽，
禁不起针尖轻轻一刺。

云淡风轻，细水长流，
何止君子之交。
爱情不也是如此，才叫
落花流水、天上人间？

人

我最喜欢别人将我看成傻瓜。
这样与人相处起来就方便多了。

我不劝任何人任何事。
其实，每一个人对自己的作为只是假糊涂而已。

对待一个恶人退让，结果使他得寸进尺。
对待一个傻子夸奖，结果使他得意忘形。

世界上最公平的美事在于：
聪明人扬扬自得。
糊涂人也不认为自己差到哪儿去。

社会上最不公平的看法就是：
摆在眼前一个自私自利，毫无道德良知，
随时随处麻烦他人，占尽一切便宜的小人，
一般只将这类人称为——“不懂事”。

而对待一个胸襟宽厚，善待他人，
凡事退让，况且心存悲悯，乐于助人的真诚君子，
一般人说起来只得一句——
这个人嘛！不过是会做人而已。

“平凡人”和“枯燥人”绝对是两种人。
大半枯燥人都夸说
自己平平凡凡。

最令人惧怕的一类人，在于性格的不明显。
在这件模糊的外衣之下，
隐藏着的内在人格又是什么呢？

好邻居重要。
好亲戚也重要。
将亲戚请来做邻居，
往往亲戚和邻居都成仇人。

化妆有助气色，无助气质。
有家产和有家教没有太大关系。

从容不迫的举止，
比起咄咄逼人的态度，
更能令人心折。

人情冷暖正如花开花谢，
不如将这种现象，想成一场必然的季节。

如果我们能够做得到将丈夫当成好朋友，
将朋友看成手足，将手足当成自己真正的手和脚，
将子女看成父母，将父母看成心爱的子女……
这些人际关系，可能不是目前的这个局面了。
问题出在：谁会这么颠三倒四地去做傻瓜？

做过上千次人性试验之后，
对于任何一次必然重演的失败，都抱着一种信念——
起码这个试验又做了一次。

婴儿诞生，
一般人并不知晓婴儿的未来，可是都说——
恭喜！恭喜！
某人死了，
一般人也不明白死后的世界，却说——
可惜！可惜！

无　心

我不吃油腻的东西，我不过饱，
这使我的身体清洁。

我不做不可及的梦，
这使我睡眠安恬。

我不住豪华的居所，
这使我衣食有余。

我不穿高跟鞋，
这使我的步子更加悠闲。

我不跟时装流行，
这使我的衣着永远常新。

我不赶时间的时候尽可能走路，
这使我脚踏实地。

不懒于思想，这使知识活用。

我不妄想，这使心清心明。

我避开无谓的应酬，这使承诺消失。

我当心地去关爱他人，这使情感不流于泛滥。

我苛刻地对待往事，这使人不必缅怀太多过去。

我漠视无谓的闲言，
这使我内心宽畅。

我绝不过分对人热络，
这使我掌握分寸。

我很少开口求人，
这使我自由。

我不欠钱，
这使我心安。

我让人欠我的钱，
这使我做傻瓜。

有　意

我看书，这使我多活几度生命。

我写字，这使我免于说话。

我说话，这使我不必写字。

我赚钱，这使我证明能力。

我花钱，这使金钱高贵。

我生病，这使我了然健康必要。

我健康，这使我提高警觉。

我旅行，这使我没有东西拴住。

我安居，这使我懂得乐业。

我穿衣，这使我活用衣服语言。

我吃饭，这使我活得下去。

我哭，因为我爱。

我笑，因为不能不笑呀！

如　果

如果人的头发是花园，
春夏秋冬，百花乱放，
那番景色会如何？

如果人的身体是果树，
看来看去，
哪个部分都可以找出不同果子的形状来。

要是人会飞，想飞的可能只有
瘦子。

要是不赚钱就会有饭吃，世界人一定
很无聊。

要是妈妈煮一碗深蓝色的浓汤，吃
是不吃？

如果婴儿是包心菜里卷出来的，敢
不敢去撒农药？

人和动物如果可以讲话，拒讲的一定是
动物。

要是人的双腿生根，植物满处乱跑，
听见的声音大概全是
救命救命救命……

一旦人一说话，
每一个字音都是一朵鲜花从口里蹦出来，
你摆哪一种花摊？

要是眼睛可以看见过去和未来，
我猜我还是只敢看看
《木马屠城记》。

如果梦能成真，不敢睡觉的人一定很多。

万一世上的人全长得一模一样，
时装设计师就是最重要的人。

如果时光开始倒流，
老人紧张，

小孩子更紧张。

要是人可以上任何星球，
我一定很有礼貌，请别人先去观光观光。

要是白云可以拿来当被盖，除湿机的销路一定更兴隆。

如果人可以穿墙，那种厚的，
我还是不进去比较安然。

如果雨可以快速冷冻成粉丝。
夏天大旱的日子请飞机去下粉丝汤润田。
要是人的思想如交流电波，人人藏不住秘密，
那我一定当当心心地完全不想。

要是全世界一起讲好——停止一切活动三个月。
看看会有什么了不得的事情发生。
不会的啦！

谁来发明一种机器，站在机器面前一切灵肉可以分解。
另外许多地方再放一架“接收机”，
出来一拼，又是个原来人。
我看旅行社对这个构想，最是欢迎。

你以为你家的洋娃娃晚上不出去跳舞？不相信，

去察看一下他们的鞋底。
你以为你家的洋娃娃晚上不出来偷吃东西？不相信，
剥开她们的肚子看一看。

要是育婴室里所有刚出生的婴儿，用着老人沙哑的声音，
吱吱呱呱地交换前生的来龙去脉，
这个房间给你多少薪水才肯去喂奶瓶？

人都怕死。
要是人永远永远不许死，
你怕不怕？

你以为只有你自己喜欢看木偶戏？
你以为老天爷在玩什么把戏？

如果海洋如同鲜血，鲜血流出来是黑汁，
鼻涕是翠绿，眼泪是明黄，天空成深褐。
而原野，如果所有的原野上竖出密密麻麻会动的蛇发——
活蛇根立摇摆……
你，又去不去另外一个星球？

如果这一章你看了害怕，请看下一章，
就不吓你了。

朋　友

朋友是五伦之外的一种人际关系。
一定要求朋友共生共死的心态，
是因为人，
没有界定清楚这一个名词的含意。

朋友的好处，在于可以自由选择。
有些，随缘而来，
有的，化缘而来。
更有趣的是，
朋友来了还可以过，散了说不定永远不会再聚。
如果不是如此，
谁又敢交朋友呢？

不要自以为朋友很多是福气。
福气如果得自朋友，那么自己算什么？

一霎知心的朋友，最贵在于短暂，

拖长了，
那份契合总有枝节。

朋友还是必须分类的——
例如图书，一架一架混不得。
过分混杂，匆忙中去急着去找，
往往找错类别。

也是一种神秘的情，来无影、去无踪，
友情再深厚，缘分尽了，
就成陌路。

对于认识的人——所谓朋友，实在不必过分谨严。
凡事随心，心不答应情不深，
情不深，见面也很可能是一场好时光。

朋友再亲密，
分寸不可差失，
自以为熟，结果反生隔离。
朋友之义，难在义字千变万化。

朋友绝对落时空，
儿时玩伴一旦阔别，再见时，
情感只是一种回忆中的承诺，
见面除了话当年之外，再说什么就都难了。

朋友无涉利害最是安全，一旦涉及利害，
相辅相成的可能性极为微小，
对剋成仇的例子，比比皆是。

朋友之间，
相求小事，顺水人情，
理当成全。
过分要求，得寸进尺，
是存心丧失朋友最快的捷径。

朋友共乐，
锦上添花绝对有必要。

朋友共苦，
除非同病相怜，不然总有高低。

雪中送炭，贵在真送炭，
而不只是语言劝慰。
炭不贵，给的人可真是不多。

心意也是贵的，
这一份情，最能意会。
当然，那是朋友急需的不是炭的时候。

认朋友，
急不来，急来的朋友急去得也快。

筛朋友，
慢不得，同流合污没有回头路。

为朋友，
两肋插刀之前，三思而后行。

交朋友，贵在眼慈，横看成岭侧成峰——
总是个好家伙。
小疵人人有，这个有，那个还不是也有，
自己难道没有？

即使结盟好友，时常动用，总也不该。
偶尔为之，除非不得已。
与任何人结盟，
都是累的，这个结，不如不去打。

意气之交，虽是真诚，
总也失之太急。

友情不可费力经营，这一来，就成生意。
生意风险艰辛大，
又何必用到朋友这等小事上去？

关心朋友不可过分，那是母亲的专职。
不要做“朋友的母亲”，弄混了界限。

批评朋友，除非识人知性，
不然，不如不说。

强占友谊，最是不聪明。
雪泥鸿爪，碰着当成一场欢喜。
一旦失去朋友，最豁达的想法莫如——
本来谁也不是谁的。

呼朋引伴，要看自己本钱。
招蜂引蝶，甜蜜必然不够用。

重承诺，重在衡量自己能力。
拒说情，拒在眼底公平。
讲义气，讲在不求一丝回报。
说风情，说时最好保留三分。

知交零落实是人生常态，
能够偶尔话起，而心中仍然温柔，
就是好朋友。

两性朋友关系一旦转化爱情，

最是两全其美。

两性之间，一生纯净友谊，绝对可能。
只怕变质消失的原因，不在双方本人，
而在双方配偶难以明白。

交朋友，不可能没有条件。
没有条件的朋友，不叫朋友，
那叫手足了。

情深如海对朋友——不难。
不难，在于没有共同
穿衣、吃饭、数钱和睡觉。

跟自己做朋友最是可靠，死缠烂打总是自己人。

沧海一粟敢与天地去认朋友，才是——
谁与我逝兮，吾谁与从，
渺渺茫茫，归彼大荒。

图书在版编目（CIP）数据

亲爱的三毛 / 三毛著 .-- 北京 : 北京十月文艺出
版社, 2017.3
（三毛全集）
ISBN 978-7-5302-1479-4
Ⅰ . ①亲… Ⅱ . ①三…Ⅲ . ①散文集 - 中国 - 当代
Ⅳ . ① I267

中国版本图书馆 CIP 数据核字（2015）第 056511 号

著作权合同登记号　图字 : 01-2016-8986

亲爱的三毛
QINAI DE SANMAO
三毛 著

出　版　北京出版集团公司
　　　　北京十月文艺出版社
地　址　北京北三环中路 6 号
邮　编　100120
网　址　www.bph.com.cn
发　行　新经典发行有限公司
　　　　电话（010）68423599
经　销　新华书店
印　刷　盛通（廊坊）出版物印刷有限公司
版　次　2017 年 3 月第 1 版
　　　　2017 年 3 月第 1 次印刷
开　本　890 毫米 ×1270 毫米　1/32
印　张　7.5
字　数　168 千字
书　号　ISBN 978-7-5302-1479-4
定　价　32.00 元
质量监督电话　010-58572393
如有印装质量问题，由本社负责调换